차 례

1. 은강과 송화

놀이공원은 새로운 세상이었다.

이슬이 해맑게 웃으며 앞으로 뛰어나갔다. 송화의 입가에 미소가 번졌다. 팍팍한 현실이 저 멀리 사라지는 듯한 착각이 들었다.

슬픔도, 아픔도 이곳엔 없었다. 경쾌한 음악 소리와 밝은 웃음소리만 가득한 곳에 있으니, 오늘 하루쯤은 현실을 잊게 된다. 자신이 어떻게 살아왔는지, 어떤 일을 당했었는지, 얼마만큼 힘든지, 그 엄청난 무게가 한순간에 사라져 버렸다.

"자, 여기요."

이 꿈결 같은 목소리 역시, 현실과는 거리가 먼 존재였다. 회전목마에 오른 이슬을 보고 있던 송화의 옆에 은강이 앉았다. 송화는 그가 내민 아이스커피를 받아 들었다.

"엄마아!"

한 바퀴 돌아온 말 위에서 이슬이 손을 마구 흔들었다. 송화도 웃으며 손을 흔들어 주었다. 이슬이 탄 말이 다시 저만치 멀어지자, 송화는 들고 있던 커피를 마셨다. 빨대를 통해 올라오는 시원한 커피가 더위에 지친 몸을 달래 주었다.

송화는 옆을 슬쩍 돌아보았다. 은강이 입을 다물고 회전목마를 바라보고 있었다.

이 남자는 여기가 재미있을까. 굳이 따라오겠다고 우기니 함께 오긴 했지만, 웃지 않는 얼굴은 영 지루해 보이기도 했다.

"재미있어요."

독심술이라도 하는 듯, 제 속마음을 읽은 것처럼 대뜸 말하는 은강을 보고 송화가 약간 당황하여 입술을 벌렸다.

"그러니 쫓아 보낼 생각 하지 말아요."

"아, 아니, 전 그냥……."

은강의 입가가 살며시 올라갔다. 몇 번 본 적 없던 미소였다. 이번에는 송화의 눈이 커졌다.

"송화 씨, 나는요."

"……."

"처음에는 송화 씨가 사연이 많아 보여 눈길이 갔어요. 저 젊은 여자가 도대체 무슨 일들을 겪어 왔고, 또 겪고 있을까 싶어서. 그래서 단지, 궁금하기 때문이라고 생각했어요."

"……."

"그런데 봐서 알겠지만, 나 그렇게 남의 일에 신경 쓰는 스타일 아니에요. 안 쓰려고 노력도 했었구요."

송화는 천천히 고개를 끄덕였다.

"그러니 제가 송화 씨에게 처음부터 가졌던 마음은 호기심이 아니라, 진짜 관심이었던 거예요."

은강의 마음은 짐작하고 있었지만, 갑자기 이렇게 이야기를 시작할 줄은 몰랐다. 그렇기에 송화는 여전히 당황스러웠다.

설마 딸이 회전목마를 타는 동안, 남자에게 이런 고백을 듣게 될 줄이야. 밀어낼 이유는 수없이 많다. 꼽아 보자면 스스로가 너무 초라하게 느껴지니 애써 외면했던 것뿐이다.

"사실 예전에 만나던 여자 친구도 연상이었고. 그때 상처받은 일이 많아서 다시는 연상인 여자와 연애하지 않겠다고 다짐했었어요. 무심하게 보이는 것도, 어쩌면 다 그때 이후로 생긴 방어 수단일지 모르구요. 그런데 송화 씨 때문에, 다짐이 다 무너졌어요."

그는 말이 많은 사람이 아니었다. 그러니 이렇게 한마디, 한마디 진심을 담아 내뱉는 말들이 송화의 가슴에 더욱 깊게 새겨졌다.

"송화 씨, 나보다 두 살 많지만, 열두 살이 많다 해도 상관없을 것 같아요. ……다른 사람 일에 신경 끄고 살았지만, 송화 씨 일에는 그게 절대 안돼요. 나, 송화 씨를……."

"엄마아아아아."

말갛게 퍼지는 웃음. 이슬이 다시 손을 흔들었다. 몸이 굳어진 채 은강의 목소리를 듣고 있던 송화의 정신이 번뜩 깨어났다. 천천히 이슬에게 손을 흔들었다.

아이가 탄 목마가 다시 멀어질 때, 은강이 말을 마치기 위해 입을 열었다.

"……송화 씨를 좋아해요."

들이닥친 고백에 가슴이 쿵쿵 뛰었다.

"나, 나는……."

송화는 말을 더듬었다.

좋아한다는 말을 들었으니, 당장이라도 무슨 대답을 해 줘야 할 것 같은데, 생각나는 말이라고는.

안 돼요. 나는 아이도 있고, 나는 가난하고, 나는 부모도 없고, 나는……
나는…….

수없이 많은 말들이 그녀의 앞을 가로막았다. 지금 고소를 진행 중인
사건마저, 왜인지 이 남자 앞에서는 더욱 수치스럽게 느껴졌다.

그건 내 잘못이 아닌데. 돈이 없는 것도, 부모가 없는 것도, 힘든 일을
당한 것도, ……전부 내 잘못이 아닌데. 지금껏 한 번도 느끼지 못했던 억
울함이 새삼스럽게 밀려들었다.

왜 이 남자의 고백에 자신이 이토록 복잡한 마음을 가져야 하는지, 왜
마음 놓고 행복한 기분을 느낄 수는 없는지. 돌연 슬퍼졌다. 그리고 미안
했다.

"은강 씨, 미안해요. 나는……."

"이슬이 나왔네요."

은강이 송화의 말을 가로막으며 일어섰다.

회전목마를 타고 나온 이슬이 활짝 웃었다. 기분이 좋은지 팔을 벌리고
달려왔다. 송화는 마음을 채 추스르지 못한 상태로 당황하여 허둥지둥 일
어섰다. 달려오는 이슬을 안아 주기 위해서.

하지만 이슬은 좀 더 앞으로 나아간 은강의 품으로 달려들었다. 이제
여덟 살이 된 이슬은 송화가 안아 올리기에 많이 크고, 무거워졌다. 그러
나 은강에게 쏙 안긴 모습은 여전히 어리고 작은 아이였다.

"커피 오빠, 나 저거 타는 거 봤죠? 대따 재미있어요! 오빠도 같이 타요!
나 또 탈래요!"

은강은 한 품에 번쩍 이슬을 안아 올리고는, 다른 손을 뻗어 송화의 머
리를 사르륵 쓰다듬어 주었다.

"더운데 앉아 있어요. 회전목마 타고 올 테니까."

놀이공원, 그날.

그의 고백에 송화의 심장이 하염없이 두근거렸다.

"2310호 환자 봤어? 진짜 잘생겼던데."

"그럼 뭐해. 와이프 있잖아."

엘리베이터에서 내려 모퉁이를 돌던 송화는 들려오는 소리에 잠시 멈칫했다. 건너편 병실에 병문안 온 사람들이 자판기가 있는 휴게공간에 모여 대화 중이었다.

"애도 봤지? 딸 진짜 귀엽더라."

"근데 그 딸 꽤 크지 않았어? 혹시 학생 때 낳았나?"

"어우, 설마."

목소리를 낮춰서 떠드는 중이긴 해도 워낙 고요한 공간이라서인지 송화의 귀에 한마디 한마디 탁탁 와서 박혔다. 이어서 은강에 대한 이야기가 계속 이어졌다. 자신이 은강의 아내고, 이슬이 그의 딸인 줄 알고 있는 듯했다. 송화는 그런 오해조차 참 죄스러웠다. 은강은 엄연히 미혼인데, 괜히 자신과 엮여서…….

왠지 그 앞을 지나가기 껄끄러운 기분에 송화는 돌아섰다. 그리고 다시 엘리베이터를 타고 1층으로 내려갔다. 로비로 내려와 건물을 나선 송화는 벤치에 앉았다. 거대한 병원 건물을 물끄러미 올려다보았다. 그리고 은강의 병실쯤 되는 지점에 시선이 멈추었다.

이슬을 데리고 셋이서 놀이공원에 다녀오던 날이었다. 집 앞에서 만난 괴한에게 보이스 레코더를 빼앗겼고, 그 과정에서 은강이 칼에 찔리기까지 했다. 그때부터 갖게 된 죄책감은 이루 말할 수 없이 크기만 했다. 열 일 다 제쳐 두고 은강의 간호를 위해 곁에 있었지만 마음은 내내 편치 않았다.

가뜩이나 송화는 아이까지 있는 자신이 은강에게 어울리지 않는다고 생각해 부담스러워하고 있었다. 그런 데다가 자신 때문에 다치기까지 한 남자. 볼 때마다 미안하고 죄스러웠다.

'송화 씨, 나보다 두 살 많지만, 열두 살이 많다 해도 상관없을 것 같아요. ……다른 사람 일에 신경 끄고 살았지만, 송화 씨 일에는 그게 절대 안 돼요. 나, 송화 씨를……'

'……'

'……송화 씨를 좋아해요.'

은강이 다치던 그날, 그는 놀이공원에서 자신에게 고백했었다. 이슬에게 대하는 태도가 남다르다는 것도 알았고, 자신을 바라보는 눈빛 역시 알고 있었다. 하지만 직접 듣게 되자 뭐라 대답을 해야 할지 모를 정도로 난감했다.

송화에겐 제 마음은 뒷전이었다. 심장이 내려앉고 심하게 떨리기 시작했지만, 여자로서 느낀 그런 마음들은 모두 뒤로 미룰 수밖에 없었다. 이런 상황에서 어떻게 그를 받아들일 수 있을까. 안 될 일이다. 그를 위해서라도 절대 그래서는 안 되는 일이었다.

그래서 어제인가, 병실에서 얘기했었다.

'저는 은강 씨 마음을 받을 자격도 없……'

'누가 그래요.'

'네?'

'자격이 없다고 누가 그러냐고요. 사람이 사람을 좋아하는데, 무슨 자격이 필요해요.'

단단하고 강인한 음성에 송화는 눈물이 날 것만 같았다. 그러게, 자격……. 자유는 있어도 자격은 없어도 되는 게 마음이다. 사람이 사람을 좋아하는데, 그래, 무슨 자격이 필요하다고. 이렇게나 겁이 나는 걸까.

'송화 씨도 나 싫어하는 거 아니잖아요. 그러면 아무리 미안해서라고 해도, 이렇게 몇 날 며칠을 곁에 있어 줄 순 없는 거 아니에요?'

'……'

'힘든 상황인 거 알고. 여유가 없다는 것도 알아요. 그러니 내 마음 받으라 마라 강요하는 거 아니에요. ……내가 말주변이 없어서 어떻게 전달될지 모르겠는데.'

'……'

'송화 씨는 그냥 그대로 있어요. 내가 뭐든지 할 테니까. ……그냥 나 밀어내지만 말아요.'

한참을 울었었다. 밀어내는 자신을 감싸 안아 주는 그의 품에서. 쉽사리 끄덕일 수 없는 스스로가 비참하면서도 가여웠다. 마음껏 사랑할 수 있다면 얼마나 좋을까. 평범하게 살다가 이 남자를 만났으면 얼마나 좋았을까.

송화는 밀고 당기는 게 무엇인지 몰랐다. 미안하여 한발 물러섰고, 그럴수록 그는 더 가까이 다가왔을 뿐이다. 순수하게 갈구하는 그가 자꾸 가시처럼 가슴에 찔리니 결국 또 한 발 물러설 뿐, 그뿐이었다.

송화는 고개를 내리고 허리를 조금 숙이며 바닥을 보았다. 낡은 구두코 위로 눈물이 뚝 떨어졌다.

"왜 이렇게 안 오나 했더니, 여기 있었네요."

은강의 목소리였다. 송화는 손으로 얼른 눈물을 찍어 내고는 위를 올려다보았다. 환자복을 입은 은강이 서 있었다.

"아, 들어가려던 참이에요."

송화가 일어서려 하자 은강이 어깨를 잡아 다시 앉혀 주었다. 그 가벼운 힘에도 환부가 아려 오는지 그는 살짝 찡그렸다. 송화의 옆에 앉은 은강이 조용히 물었다.

"무슨 생각을 그렇게 하고 있어요."

울고 있던 것은 다행히 눈치채지 못한 모양이었다. 송화는 중얼거리듯 '아니에요.' 하고 대답하며 고개를 가로저었다.

말이 없는 두 사람. 그 모습마저 닮았다. 웃음이 헤프지도 않았고, 표현도 크지 않았다. 그런 두 사람이 나란히 앉아 있으니 침묵이 더 길었다. 그럼에도 불구하고 불편하지 않았다. 이상했다. 송화는 자신이 느끼는 부담감과 달리 이토록 편안한 기분이 드는 게 의아하기도 했다.

분명 밀어내야 하는 사람이라는 걸 머리는 알고 있는데, 옆에 앉은 남자에게서 느껴지는 기운에 가슴이 괜히 뜨거워졌다. 욕심을 내고 싶을 정도로. 처한 상황과 입장은 모두 모른 척하고 그와 마주 보고 싶은 마음이 점점 더 커져만 갔다.

은강은 자신에게 뭔가를 요구하지 않았다. 그냥 그대로 있어만 달라고 했다. 그저 도망가지만 않으면 된다고. 이 사람은 어디에 있다가 갑자기 이렇게 나타났을까.

송화는 고개를 가만히 돌려 은강의 옆모습을 바라보았다. 그의 부드러운 얼굴선을 눈에 담는 것만으로도 가슴이 두근거렸다. 하늘을 올려다보던 은강이 시선을 느끼고 옆을 보았다.

송화는 얼른 고개를 돌렸다. 마치 짝사랑하던 선생님에게 쳐다보던 것을 들킨 소녀처럼 얼굴이 붉어졌다. 이런 자신이 부끄럽고 당황스러웠다.

"손."

은강이 짧게 말하며 손을 내밀었다. 송화는 저도 모르게 그의 손바닥 위에 손을 올렸다.

"……왜요?"

"왜긴. 그냥, 잡고 싶어서죠."

은강이 잡은 손을 부드럽게 꽉 쥐었다. 송화는 순간 숨이 탁 막히는 기분이 들었다.

"다치니까 좋네요."

"네? 다, 다친 게 왜 좋아요. 얼른 나아야 하는데……."

답을 하지 않은 채 은강은 그저 옅게 웃었다. 그러곤 다시 하늘을 올려다보았다. 가뜩이나 자신 때문에 다친 남자라 미안한데. 좀처럼 웃지 않는 그가 이렇게 웃기까지 하면서 좋다고 말하고 있었다.

"좋잖아요."

"……"

"이렇게 같이 있으니까."

그게 최대한의 표현이었다. 담백한 말 속에는 수많은 감정이 섞여 있다는 것이 그대로 느껴졌다. 이렇게 오롯이 둘만 남아 있으니, 그가 얼마나 자신을 깊게 생각하고 있는지, 그 사실 하나만 바라볼 수 있었다.

사실 송화의 마음도 다르지 않았다. 이제는 피할 수 없는 사실. 이미 사랑은 시작되고 있었다.

은강은 옷장 앞에서 한참을 서 있었다. 끝내 골라 입은 건 평소와 같은 흰색 셔츠였다. 어차피 선택할 수 있는 범위도 적었다. 셔츠라고 해 봐야 흰색 아니면 회색, 검은색, 전부 무채색 일색이었으니까.

거울 앞에서는 머리를 한참 매만졌다. 그래 봐야 스스로 만지는 머리가 다 거기서 거기. 결국 헤어스타일 역시 평소와 같았다. 새벽같이 일어나 출근 준비에 한참의 시간을 쏟았지만, 그 노력이 무색하게도 은강의 모습은 평소와 똑같았다.

병원에서 퇴원한 후 요즘 계속 그랬다. 카페에 출근하기 전 은강이 매일 겪는 아침이었다. 공들여 외모를 꾸며 보려 하지만 늘 같은 모습.

그러니 아무도 모를 것이다. 서은강이 이렇게 겉모습에 신경을 쓰고 있었는지는. 사실 그건 모두 이슬 때문이었다.

자신이 병원에 입원해 있을 때 송화가 밤낮으로 곁에 있어 주었고, 그 사이 송화의 딸 이슬은 카페에 있는 시간이 많았다. 마미가 돌봐 주고 때로는 집에 데려가기도 했었다. 그러다 보니 이슬은 자신을 제외한 카페 식구들과 무척 돈독해져 있었다.

특히 정호를 무척 따르는 모습이었다. 심지어 정호가 제일 좋다고까지 했다. 그때 느꼈던 은강의 배신감이란.

자신이 사랑하는 여자의 딸이다. 그런 이유로 이슬에게 각별한 감정을 품고 있었다. 그 마음이 얼마나 깊었는데.

못 들은 척 커피를 만들고 있었지만 그때 은강의 속은 부글부글 끓어올랐다. 정호가 제일 좋다는 말에 마미가 이유를 물었더니…….

'정말이야? 이슬아? 진짜 정호가 제일 좋아? 왜?'

심지어 그 이유가.

'이 중에서 정호 아저씨가 제일 잘생겼어요.'

얼굴이란다.

은강은 왕자병은 없었지만 그래도 본인도 어디 가서 빠진다는 소리는 듣지 않고 살았기에 단번에 기분이 상하고 말았다. 아이들은 거짓말을 못 한다던데, 진짜 자신이 정호보다 뒤처지는 외모인 건가.

'은강이 오빠는…… 따로 생각해 둔 게 있어요.'

'제일 좋은 거. ……그런 게 있어요.'

카페 식구들이 이슬의 말에 고개를 끄덕였었다.

정호는 잘생겨서 결혼하고 싶은 아저씨. 준은 친절하고 다정해서 친오빠 삼고 싶은 오빠. 그리고 은강은…… 아마도 이슬에게 있어 아빠이길 바라는 사람.

사실 그렇게 이어진 이슬의 말을 듣고 은강도 가슴이 설레었다. 아빠라……. 송화를 사랑하기에 이슬의 아빠가 되는 것마저 그에게는 벅찬 감동처럼 느껴졌다. 그날이 빨리 오기만을 바랐다.

하지만, 그건 그거고 이건 이거다. 중요한 건 외모로 줄을 세웠을 때 자신은 정호의 뒤라는 것. 은강의 이마에 빠직 힘줄이 솟았다. 제겐 승부욕이란 없는 줄 알고 살았다. 하지만 이슬에게 서열이 매겨진 순간 잊고 있던 근성이 스멀스멀 피어올랐다.

인정받고 싶었다. 자신의 외모도 결코 뒤처지지 않는다는 것을.

"진짜 진짜 잘생겼다. 아아아. 저런 오빠랑 하루만 데이트해 봤으면 소원이 없겠다아."

"난 뽀뽀!"

"으악! 애 미쳤나 봐!"

까르르 웃는 학생들의 웃음소리가 구석에서 퍼져 나갔다. 바(bar)까지 다 들릴 만큼 제법 큰 목소리였다. 대화에 빠진 학생들은 은강이 듣고 있다는 사실도 인지하지 못하는 모양이었다.

은강은 무감한 표정으로 그저 더치 기구를 살폈다. 하지만 그가 신경 쓰는 쪽은 따로 있었다. 바 옆의 테이블에서 이슬이 숙제를 하고 있다. 자신의 귀에 들릴 정도면 이슬에게도 들릴 것이다.

"저 봐. 저 콧날 예술이지?"

"난 저 눈빛! 세상만사 관심 없는 눈빛이 또 사람 미치게 하잖아."

보고 있나, 채이슬.

"저렇게 생겼으면 모델이나 배우를 해야지 왜 바리스타를 하는 거야. 얼굴 아깝게."

"아니, 연예인하면 안 되지! 난 그냥 저 오빠가 어디 안 가고 카페에만 있었으면 좋겠다! 우리만 보게."

또 까르르. 오늘따라 격하게 외모 찬양을 하는 학생들의 대화가 반갑고 고맙기까지 했다. 평소에는 민망해서 진짜 못 듣겠다고 생각했었는데 말이다.

은강은 이슬의 표정을 스윽 살폈다. 아니나 다를까, 고개를 든 이슬과 눈이 마주쳤다. 그러자 배시시, 아이가 웃었다.

머쓱해진 은강은 헛기침을 하며 몸을 돌렸다.

"오빠."

이슬이 조그맣게 불렀다. 여대생 쪽을 흘깃 보고는 은강에게 이리 와 보라며 손짓을 했다. 고사리 같은 손으로 자신을 살살 부르는 모습이 상당히 귀여웠다.

은강은 이슬에게 다가갔다.

"가까이, 더 가까이요."

이슬은 은강의 귀에 대고 작게 속삭였다.

"저기 저 언니들이 오빠 대따 잘생겼대요."

대단한 비밀이라도 전해 주듯 말했다. 이미 알아. 알고 있어.

차마 대답하지는 못하고 은강이 그저 무심하게 고개를 내려 이슬을 보았다. 이슬은 방실방실 웃으면서 말했다.

"헤헷. 정호 아저씨가 더 잘생겼는데 저 언니들은 정호 아저씨를 못 봤나 봐요."

16

평온하던 이마에 또다시 핏줄이 솟아났다.

"오빠, 사탕 먹을래요?"

은강의 마음을 아는지 모르는지 이슬이 아무렇지도 않게 막대 사탕을 내밀었다. 아이가 건넨 것이 사탕인지 엿인지는 모르겠지만, 은강은 에라, 모르겠다, 사탕을 받아 입에 물었다. 그리고 이슬의 앞에 풀썩 앉아 버렸다.

"채이슬."

아무 일 없었다는 듯 다시 숙제하려던 이슬을 불렀다. 똘망똘망한 눈을 들어 자신을 바라보는 이슬에게 은강이 낮게 말했다.

"정호 형이 그렇게 잘생겼어?"

"네."

1초라도 좀 생각하는 성의를 보여 주면 좋으련만. 벽에 부딪힌 기분이었다. 아이의 마음을 사로잡기 위해 차라리 준처럼 다정해져야 한다면 그렇게는 할 수 있겠다.

그런데…… 왜 이슬은 쪼그만 게 얼굴을 밝히는가. 신경 쓰지 않으려 했지만 잘 안 된다. 딸이 다른 남자가 좋다고 하는데 기분 좋을 아빠가 어디 있……. 그래, 벌써 딸 같았다.

은강은 하루에도 몇 번씩 송화와 결혼하는 상상을 하곤 했으니, 자신의 이 불쾌한 마음이 비정상은 아니었다. 겉으로 무심하다고 속까지 얼어붙은 건 아니었으니 말이다. 그때, 이슬이 말했다.

"그런데 엄마는요, 은강이 오빠가 제일 잘생겼다고 그러던데요?"

"어?"

"우리 엄마요, 엄마가 그랬어요."

그 말에 은강의 심장이 쿵쿵 뛰었다. 송화가…… 뭐라고 했다고? 은강은 얼른 물고 있던 사탕을 빼며 이슬에게 말했다.

"자세히."

"네?"

"자세히 말해 보라고."

그거면 됐지, 뭘 자세하게 말하냐는 듯 이슬이 어깨를 들썩였다. 그러고는 무성의하게 말했다.

"그냥 그랬는데요? 내가 정호 아저씨 잘생겼다고 하니까 저번에 한 번, 엄마가……"

"엄마가?"

"'은강 씨가 제일 잘생긴 것 같은데……'라고."

의미 없었다. 아니, 송화의 말이 아니고 지금까지 은강이 정호에게 느꼈던 질투 감정이 전부, 아무런 의미가 없음을 깨달았다. 그건 그거고, 이건 이거라면. 이쪽이 훨씬 큰 의미요, 기쁜 마음이다.

"흐음. 엄마가 정말 그랬어?"

"네."

백번 잘생기면 뭐할까. 송화의 마음이 제일 중요한 것을.

"오빠 귀 빨개요."

여전히 아무것도 모르는 듯 명랑한 표정으로 이슬은 은강의 귀를 가리켰다. 은강은 흠, 기침하며 다시 사탕을 입에 물었다. 엿이 아니고 사탕이 맞았다. 달콤하고 향긋한 딸기 사탕이 입에서 살살 녹았다.

송화에게, 정말 그렇게 생각하느냐 묻고 싶어졌다. 제가 언제요, 하고 난감해하며 얼굴을 붉히겠지. 애 앞에서는 무슨 말을 못 하겠다고도 할 테고.

상상만으로도 즐거워졌다. 이따 이슬을 데리러 올 송화가 얼른 보고 싶어졌다. 은강은 가벼운 마음으로 바 안에 들어갔다.

"형, 뭐가 그렇게 좋아?"

저도 모르게 웃고 있던 모양이었다. 준비실에서 나오던 준이 덩달아 웃으며 물었다.

"아니야."

대답하면서도 은강은 미소를 감추지 않았다. 별것 아닌 일로도 기분이 상했다가 또 하늘을 나는 듯 기뻐지는 지금. 그는 사랑에 빠져 있었다.

2차 공판이 있던 날.

법원 건물 밖에서 은강의 서성거림은 계속되었다. 건물을 바라보며 바짝 마르는 침을 애써 삼키다가, 자신이 할 수 있는 일은 아무것도 없음을 알고 다시 앉았다.

일어서고 앉기의 반복이었다. 법정 안에서의 송화가 얼마나 참담한 기분을 느끼고 있을지, 그는 알고 있었다.

아무리 정호와 유리가 제 일처럼 나서서 도와준다고 한들 결국 송화 혼자 감당해야 할 감정들이었다. 스스로 겪은 일이고 이후의 책임도 그녀가 져야 할 터.

만에 하나, 진짜 이편웅이 무죄 판결을 받고 끝난다면 힘겨운 싸움은 아마 이제부터 시작이리라. 송화는 유명 인사에 권력자인 이편웅에게 국민적 망신을 준 대가를 톡톡히 치러야 할 것이었다.

이런 상황에서 실제로 자신이 할 수 있는 일은 별로 없다는 사실이 절망적이었다. 송화를 위해서라면 뭐든지 할 수 있는데, 현실은 정반대였다.

은강은 법원에 들어가기 전 정호가 자신의 어깨를 잡으며 한 말을 떠올렸다.

'서은강, 너는 그냥 기다리고 있다가 다 끝난 다음에, 송화 씨 나오면 안아 줘.'

'······.'

'아마 네가 할 일은 그게 전부일 거다.'

그리고 정호는 덧붙였다.

'가장 중요한 일이기도 하고.'

은강의 마음을 다 안다는 듯 해 주는 정호의 말에 마음이 조금 진정되기도 했다. 그렇기에 송화를 차분히 기다릴 힘도 생겼다. 공판이 진행되는 동안 자신이 옆에 앉아 있으면 오히려 그녀는 더 불편할 것이다. 그곳에서는 피해자가 겪은 일을 낱낱이 드러낼 수밖에 없으니 말이다.

은강은 순간 또 화가 치밀었다.

이편웅, 송화의 몸에 손을 댄 자였다. 그로 인해 송화가 그간 얼마나 괴로웠는지를 생각하면 온몸의 피가 거꾸로 솟는 기분이었다. 자신의 옆구리를 가르고 들어온 괴한의 칼 역시 송화에게 향하던 것이었고. 은강이 없었다면 보이스 레코더를 빼앗기는 과정에서 송화가 또 어떤 일을 당했을지 상상만 해도 아찔해졌다.

그렇기에 이편웅에 대한 은강의 분노는 이루 말로 다 할 수 없었다. 송화에 대한 마음이 깊어질수록 그 증오도 더 커져만 갔다.

그때마다 자신을 다독인 건 바로 정호였다. 겉으로 드러낸 적도 없었는데, 그가 어느 날 말했었다.

'죽이고 싶겠지.'

평소 정호에게서 듣기 어려운, 꽤 서늘한 음성이었다.

'진짜 죽이고 싶을 거야. 나는 그 사람, 인간으로도 생각 안 해.'

이편웅이 정호의 혈육인 동시에 관계가 썩 좋은 편은 아니라는 것까지는 알았지만, 제 앞에서 그렇게 가감 없이 말할 줄은 몰랐다.

사실 정호의 배경을 알기에 은강은 그 앞에서는 내색하지 못했었다. 아무리 싫어하는 친척이라 한들 남의 입에서 듣는 욕이 그다지 달갑진 않을 테니 말이다.

하지만 정호가 먼저 얘기를 터놓았다.

'나라도 누가 김유리한테 손댔다고 하면…… 못 견뎌. 나라도 그건 못 참는다.'

나직이 욕을 덧붙이기까지 했다.

은강은 정호에게서 자신과 다르지 않은 마음을 읽었다. 사랑하는 여자, 지켜 주고 싶은 여자를 곁에 둔 남자로서 당연히 갖게 되는 생각이었다.

'하지만 말이야.'

'……'

'참아. 참아야 해.'

이해와는 별개로, 정호는 지극히 이성적인 태도로 말했다.

'이런 말 한다고 서운하게 생각해도 할 수 없어. ……미칠 것 같아도 너는 그냥 참아야 해.'

남의 일이라고 쉽게 말하는 것처럼 보일지도 모른다. 그렇기에 정호도 벼르다 한 말이었다. 은강도 그 마음이 어떤 것인지, 정호가 하는 말이 무엇인지 잘 알았다. 그렇기에 분노와 증오, 절망과 한탄 가운데 존재하던 이성의 끈 한 자락을 겨우 잡을 수 있었다.

차라리 이편웅을 찾아가 위해를 가하는 것이 마음 편할 수도 있다. 감히 누구를 건드렸냐고 미쳐 날뛸 수도 있다. 하지만 차분히 생각해 보면 더 안 좋은 결과를 가져올 수도 있는 일들이다. 정호는 사랑 앞에 폭발하려는 은강을 제어했다. 무엇이 진짜 송화를 위한 길인지를 일깨워 주었다.

그렇기에 지금 은강은 기다리는 것이다. 공판을 마치고 나올 송화를 안아 주기 위해서.

이번 공판이 끝나면 다음은 선고 공판으로, 이제 곧 모든 게 끝날 예정이라고 했다. 이쪽의 승리든, 저쪽의 승리든 변하는 것은 없다. 송화에 대한 마음이 바뀔 리 없으니 이제는 그녀의 곁을 지키며 조금 더 힘이 되어 주고 싶었다. 그것만이 은강의 마음 전부였다.

한참이 지났다.

지금껏 몇 달간 그녀를 맴돌며 기다렸던 시간과 비교하면, 법원 밖에서 기다린 몇 시간은 얼마 되지도 않는다. 그런데 왜 이리 길게 느껴지는지 모르겠다.

드디어 송화가 나왔다. 정호, 유리와 함께 나오는 그녀의 옆모습을 보고 은강이 짧은 숨을 몰아쉬었다. 삭막한 법정 안에서 송화가 얼마나 고생을 했을지 생각하니 가슴이 저렸다.

"송화 씨."

그녀가 돌아보았다. 처연한 눈빛 아래 숨겨진 아픔이 눈에 보였다. 늘 그랬다. 처음부터였다. 가시처럼 와서 박히던 사람. 마음 같아서는 당장 달려가 그녀를 품에 안고 싶었다.

하지만 막상 송화를 본 은강은 굳어지고 말았다. 땅에 발이라도 묶인 듯 그는 움직일 수가 없었다. 그녀에게 힘이 되어 주고 싶지만, 결국 아무것도 하지 못했다. 혹여 그녀를 사랑할 자격이 없는 건 아닐까, 벽에 부딪힌 것처럼 자신감을 상실했다. 더 사랑하는 쪽이 자신이기 때문이다.

아직도 쉽게 마음을 열지 못하는 송화를 재촉하고 싶진 않았다. 기다리는 것쯤은 얼마든지 괜찮다. 이런 순간 당장 달려가고 싶은 마음을 억누르는 건 힘들긴 했지만. 그나마 병원에 있을 때는 그래도 따로 있는 시간이 많아 기회도 많은 편이었다.

지금은 정식으로 사귀는 사이도 아니고, 이렇게 많은 사람이 오가는 곳에서는 아무래도 안 될 일이다. 게다가 공판 직후니까, 나중에 둘만 따로 있게 되면 그때라도…….

생각이 자꾸만 길어지던 그때였다. 타다다닥. 그녀가 제게로 왔다.

"어……!"

그리고 바람에 나부끼듯 단숨에 안겨 들었다. 놀란 은강의 눈이 크게 벌어졌다. 자신의 허리를 껴안고 가슴에 얼굴을 묻은 사람이 진정 송화인지 믿기지 않았다. 은강은 서서히 정신이 돌아왔다. 애매하게 벌리고 있던 팔을 내려 그녀를 감쌌다. 제 품에서 파르르 떨고 있는 송화를 부드럽게 안았다.

심장이 터질 것만 같았다. 그녀가 먼저 자신에게 달려와 안긴 지금이 꿈만 같았다. 많이 힘들고 아팠을 그녀에게 마지막 안식처가 되어 주고 싶은 마음. 은강은 눈을 감았다. 그녀를 제게로 더 꽉 끌어당겼다. 더 이상 바랄 것이 없었다. 그토록 깊었던 소망이 드디어 이루어졌다.

내 사람이 되어, 내게 와요. 이제 그냥, 나에게 와요.

은강은 자신에게 와 준 송화를 품에서 절대로 놓지 않겠다고 다짐했다.

"서은강, 시계에 뭐 있냐? 왜 그렇게 넋 놓고 쳐다봐?"

종일 외부의 일을 보고 카페로 들어오던 유리가 은강을 보고 물었다. 그가 뭐라 대답하기도 전에 준이 히죽 웃으며 말했다.

"은강 형 오늘 저녁에 중요한 약속 있잖아요."

"중요한 약속?"

"그래서 원래는요……."

"야, 그만해라."

준이 신나서 하는 말을 은강이 막았다. 아닌 척하고 있지만 무심한 표정 아래 부끄러움이 잔뜩 묻어 있었다. 말을 하다 말고 감추는 걸 싫어하는 유리가 픽업대 앞에 딱 버티고 섰다.

"뭔데, 빨리 얘기해. 끝까지 얘기 안 하면 준배 네놈의 목을 딱……."

"아니, 내가 형 때문에 유리 누나한테 죽을 순 없지. 뭐냐면요."

준이 은강을 뿌리치며 얼른 말했다.

"원래는 은강 형이 오늘 카페 마감인데요, 그냥 제가 대신 해 준다고 했어요. 그래서 저녁에 퇴근하고 갈 생각하면서 저렇게 시계만 쳐다보는 거예요."

"그러니까 무슨 약속이냐고."

"송화 누나가 집에서 요리해 준대요."

말해 놓고도 준은 자기가 더 좋아서 난리였다. 어깨를 흔들며 즐거워하는 준을 보며 은강은 포기한 듯 돌아섰다.

"와아, 진짜?"

유리가 반응을 보이자 준은 말을 이었다.

"네. 아까 와서 은강 형한테 저녁에 집으로 오라고, 이슬이랑 같이 밥 먹자고 하더라고요."

"이야, 서은강 좋겠네!"

유리는 기쁜 목소리로 추임새를 넣었다. 며칠 전 선고 공판이 있었다. 이편웅의 유죄가 확정되면서 사건은 마무리되었다. 며칠이 지나 복잡했던 일은 다 처리했고, 이제 좀 한숨을 돌리는 시점이었다. 어제는 송화가 유리와 정호, 그리고 카페 식구들에게 직접 만든 도시락을 가져다주었다.

'마음 같아서는 비싼 음식을 대접하고 싶은데…… 이것뿐이라 죄송해요.'

수줍게 내민 도시락 안에는 정성껏 만든 음식이 가득했다. 고급 식당에

서의 식사, 비싼 재료로 만든 요리들보다 훨씬 값진 선물이었다. 정말 고마운 마음으로 맛있게 잘 먹었다. 은강도 함께 도시락을 먹으며 기분이 꽤 좋아 보였는데, 가만히 보니 오늘은 낯빛이 좀 더 밝았다.

유리는 풋, 웃어 버렸다. 그렇지, 누구에게나 공평한 음식보다는 자신에게만 특별한 음식이 훨씬 더 기대되겠지. 연애하는 은강의 모습이 참 보기 좋았다. 이제는 은강도, 준도, 송화도 모두 다 자신의 동생처럼 각별하게 느껴졌다.

"그래서 너희, 결혼은 언제 할래?"

애정이 깃든 음성으로 유리가 은강에게 물었다. 어디서 많이 듣던 대사가 아닌가. 마미가 항상 유리에게 하던 말이었다.

아니, 왜 연애를 시작한 지 얼마 되지도 않았는데 자꾸 결혼, 결혼, 노래를 부르시나 했더니. 이쁜 내 새끼들, 얼른 결혼해서 알콩달콩 살았으면 좋겠구나, 하는 바람이셨구나. 엄마의 마음이 바로 이런 것이었구나, 유리는 이제야 새삼스럽게 깨달았다. 이에 은강이 돌아보며 말했다.

"전 되도록 빨리하고 싶어요."

거칠 것 없는 대답에 유리가 오오, 하며 입을 모았다. 준도 '역시.' 하며 엄지를 척 올렸다. 그때 카페 문을 열고 마미와 이슬이 나란히 들어섰다.

"엄마, 어디 갔다 와?"

"응, 내가 이슬이 머리핀 좀 사 준다고 데리고 나갔었지."

방과 후, 카페에 와 있던 이슬과 함께 외출했다 돌아오는 길이었다. 이슬은 마미가 새로 사 준 노란색 리본 머리핀을 머리에 꽂고, 또 다른 핀과 어린이용 액세서리들을 꺼내 보이며 자랑했다. 이슬의 액세서리를 구경하며 열띤 리액션으로 호응해 주던 준이 말했다.

"아, 맞다. 이슬아, 이따가 저녁때 은강 형이랑 같이 집으로 오래. 좀 아까 너희 엄마가 들러서 얘기하고 갔어."

"네? 은강이 오빠랑 집에요?"

보통은 저녁에 송화가 이슬을 데리러 직접 카페에 왔었다. 하지만 오늘은 요리하며 기다릴 모양이었는지, 아예 은강에게 이슬을 데리고 집으로 오라고 했었다. 은강은 그 말마저 설레었다. 퇴근 후 딸과 함께 집에 돌아가는 심정이랄까. 집에서 저녁밥을 지으며 기다릴 송화를 상상하자, 은강은 두근거리는 마음을 주체할 길이 없었다.

손을 씻고 카페용 앞치마를 두르며 나오던 마미가 준에게 물었다.

"그게 무슨 말이야?"

"저녁 식사 차려 준다고요. 아까 은강 형한테 뭐 좋아하냐고 묻더라고요. 만들어 준다고. 형 진짜 좋겠죠?"

"그래서 이따가 이슬이랑 같이 오랬다고?"

"네."

듣고 있던 이슬이 반갑다는 듯 물었다.

"어, 오빠 뭐 해 달라고 했어요?"

"아무거나."

음식의 종류가 무슨 소용인가. 송화가 만들어 준다는 것이 중요하지.

"우리 엄마 찜닭 되게 잘하는데! 엄청 맛있어요, 그거!"

이슬은 저녁 식사가 기대되는지 눈을 반짝거렸다. 잠시 뭔가 생각하는 듯하던 마미가 이슬을 유리 쪽으로 부드럽게 밀었다.

"유리야, 너 오늘 저녁에 이슬이 맛있는 거 사 준다고 하지 않았니?"

"어? 내가 언제……."

제게로 밀려온 이슬의 어깨를 감싸며 유리가 어리둥절한 얼굴로 말했다. 딸을 향한 마미의 안면 근육이 현란하게 움직였다. 눈치껏 잘 좀 하자는 뜻을 읽은 유리가 얼른 고개를 끄덕였다. 마미의 뜻이 금세 무엇인지 간파해 버렸다. 그렇게 모녀의 치명적 유혹은 시작되었다.

"어, 맞다. 이슬아, 오늘 이모랑 스파게티 먹으러 갈까?"

"네?"

"저번에 우리 이슬이한테 맛있는 거 사 준다고 했잖아. 오늘 저녁에 가자."

"음…… 스파게티 맛있겠다. 그런데 그냥 다음에 가요. 오늘은 엄마가 저녁 맛있는 거 만든다고 했으니까 집에 가야 해요."

그 대답에 유리는 어색하게 웃었다.

이슬아. 집에 가는 게 안 되는 거야.

"은강이 오빠랑 엄마랑 나랑 셋이서 집에서 밥 먹어야 하는데."

셋이 먹는 게 안 되는 거라고.

하지만 어른들의 뜻을 알 리 없는 이슬은 천진하게 거절할 뿐이었다. 그때 마미가 좋은 생각이 났다는 듯 손뼉을 쳤다.

"야간 개장."

유리가 고개를 들었다. 마미는 의미심장한 미소를 지으며 이슬에게 넌지시 말했다.

"스파게티에 놀이공원 야간 개장, 어때?"

눈이 동그래진 이슬이 입술을 작게 벌리며 마미를 올려다보았다. 거부할 수 없는 마력의 제안, 마치 악마의 유혹처럼 치명적인 속삭임이었다. 유리가 몸을 낮추며 나직이 말했다. 보태는 한 방은 더욱 강력하였다.

"스파게티에 놀이공원 야간 개장 받고, 츄러스랑 인형 얹어, 콜?"

이내 유혹에 홀린 이슬이 고개를 끄덕였다. 게임 끝.

"얼른 엄마한테 전화해야겠다. 이슬이랑 데이트할 거라고."

지켜보던 준이 킥킥 웃으며 은강의 팔을 툭 쳤다.

"대애박. 형, 진짜 좋겠다. 송화 누나랑 단둘이 저녁 먹을 수 있겠네?"

처음이다, 그녀와의 식사는. 그것도 유리 모녀의 적극 지원 덕분에, 두 사람만의 저녁 식사가 되어 버렸다.

"크흐으으, 게다가 집에서라니, 단둘이!"

준의 호들갑에 은강은 별다른 반응 없이 돌아섰다. 무표정한 얼굴. 그러나 거짓을 모르는 은강의 귀는 여지없이 붉었다.

꽃집에 들어간 은강은 머뭇거렸다. 사장으로 보이는 중년의 여자가 다른 손님이 고른 꽃을 솜씨 좋게 다발로 만들고 있었다. 그로 인해 은강은 그냥 방치되다시피 했다. 그냥 나갈까 싶었다.

"곧 끝납니다. 꽃 고르시면서 잠시만 둘러보고 계세요~"

들려오는 사장의 말에 은강은 멈칫했고, 결국 좀 더 머무르게 되었다. 많은 꽃 중 뭘 골라야 할지 몰라 은강은 머쓱해졌다. 그가 직접 꽃을 사는 건 처음이었다. 지금까지 여자에게 꽃을 선물한 적은 단 한 번도 없었으니까. 그러니 지금 꽃집에 들어와 있다는 사실 자체가 영 어색하기만 했다.

'서은강. 너 혹시 빈손으로 갈 건 아니지?'

아까 카페에서 유리가 은근한 말투로 물어 왔다. 그 말인즉슨, 빈손으로 절대 가지 마라, 일 것이다. 은강은 그렇지 않아도 생각은 하고 있었다. 집에 애도 있으니 무난하게…….

'주스나 과일이라도…….'

'야, 너 지금 병문안 가냐? 그냥 꽃. 닥치고 꽃.'

유리의 입에서 단번에 '꽃'이 흘러나오자 의구심이 들었다. 정호가 꽃을 선물한다면, '이걸 얻다 써! 차라리 먹을 걸 가져와!' 하며 꽃다발 스매싱을 날릴 여자가 아닌가. 휘날리는 꽃잎 사이로 매서운 눈빛을 한 채 서 있을 유리의 모습이 선했다. 그녀의 성격상 선물로 꽃을 추천하는 모습은 영 어울리지 않았다. 하지만 이어지는 말은 은강이 생각하는 범위를 더욱 넘어서고 있었다.

'좋아하는 남자가 날 위해 꽃집에 들어가고.'

'…….'

'쭈뼛거리며 꽃을 사고.'

'…….'

'그리고 그 꽃을 들고서 내가 있는 곳까지 오는 모습을 생각하면 괜히 행복하잖아. 이 사람이 나를 사랑한다는 게 느껴지고. 여자라고 다 꽃을 좋아하는 건 아니겠지만. 나는 암튼 그래. 그리고 송화 씨도 좋아할 것 같아.'

유리에게 이런 면이 있었나. 새롭게 보이는 유리의 모습에, 은강은 저도 모르게 물었다.

'정호 형이 꽃 사 준 적 있어요?'

그에게 꽃다발을 받고 유리도 수줍게 볼이 붉어졌을까. 하지만 단호박 댕강 썰리는 소리.

'아니. 전혀. 네버. 지금까지 한 번도 없었어.'

'…….'

'전에 한번 사 달라고 했더니 농담인 줄 알고 처웃기나 하고. 내 이 잡것을 그냥.'

깍지 낀 손을 앞으로 뻗어 우두둑 꺾으면서 사라지는 유리의 뒷모습을 보며 은강은 마른침을 삼켰다.

어쨌든 그렇게 추천을 받아 온 꽃집이다. 제일 무난한 장미 앞에 선 은강은 왠지 부담스러웠다. 애당초 화려한 장미는 그녀에게 어울리지 않았다. 색깔이 연분홍이나 아이보리 색이라 해도 마찬가지였다. 장미보다 좀더 은은한 느낌이면 좋겠는데. 그렇다고 너무 하늘거리는 꽃은 또 그녀와 맞지 않고. 꽃 하나를 고르는 데도 이렇게 힘이 들 줄 몰랐다.

어려운 숙제를 앞에 두고 풀지 못하는 아이처럼 은강의 고민이 더욱 깊어졌다. 상대가 송화라서. 뭐 하나를 주더라도 제일 좋고, 제일 잘 어울리는 것을 주고 싶은 마음뿐이라서. 그래서 하는 고민이었다. 꽃집 주인에게 적당히 알아서 해 달라는 말을 던지고 싶진 않았다.

"리시안셔스는 어때요?"

어느덧 손님을 보내고 온 사장이 손으로 어느 꽃을 가리켰다. 은강은 '리시안셔스'라 칭한 꽃을 바라보았다. 꽃에 문외한인 은강의 눈에 언뜻 보통의 장미처럼 보였지만 훨씬 여리고 사랑스러운 이미지였다. 겹겹이 싸인 꽃잎이 섬세하고, 가느다란 줄기는 연약한 듯 의외로 튼튼해 보였다. 종종 본 꽃 같은데 이름은 처음 들었다. '리시안셔스'라……

"여자 친구한테 선물하실 거죠?"

"……네."

고르지 못하는 은강의 마음을 읽고 사장이 적극적으로 추천했다.

"이게 딱이죠. 오늘 유독 상태도 좋고. 여자 친구분도 마음에 들어 하실 거예요."

은강은 그 말에 더 묻지 않고 고개를 끄덕였다. 어차피 꽃 자체의 느낌이 무척 마음에 들었으니 더 생각할 것도 없었다.

"그럼 이걸로 꽃다발 부탁드립니다."

"네, 리시안셔스를 메인으로 해서 만들어 드릴게요."

"저기."

"네? 말씀하세요."

"……예쁘게."

이런 요구는 익숙하지 않은 은강이 겨우 덧붙여 말했다.

"최대한 예쁘게……. 만들어 주세요."

"네에, 물론이죠!"

사장은 신나게 웃으며 돌아서다가 생각났다는 듯 다시 말했다.

"아, 이게 꽃도 예쁘지만, 꽃말이 되게 좋거든요! 받으시는 분도 행복해지실 거예요."

"들어오세요! 문 열렸어요!"

작은 문을 두드렸을 때 누구냐고 묻기에 '저예요.' 한마디만 했을 뿐이었다. 송화는 목소리를 높여 들어오라고 했다.

은강은 숨을 한 번 들이켠 후 문을 밀어 열었다. 끼이익, 소리가 퍼졌다. 그녀의 세상으로 들어섰다. 이전에 와 봤을 때와는 확연히 다른 느낌이다. 서로의 마음을 어느 정도 알게 된 후인데도 오히려 더욱 떨리는 기분이었다.

남루하나 깨끗한 부엌은 한창 요리 중이라는 걸 잊을 만큼 단정했다. 후각을 자극하는 맛있는 냄새, 보글보글 무언가 끓는 소리. 분주하게 움직이는 송화의 등이 보였다. 작고 여린 등. 제 안에 완전히 품고 싶은 그런 등. 은강은 겨우 마음을 가라앉히며 그녀의 뒷모습을 가만히 바라보았다.

"이슬아, 거기 수저 좀 상에 갖다 놓아 줄래? 아, 손부터 먼저 씻고 와. 은강 씨, 미안해요, 이제 이것만 끓으면 되니까 안에 잠깐 앉아 있……."

송화의 말 속도는 평소의 딱 두 배였다. 시간에 쫓겨 신경이 쓰였던지 속사포처럼 빠르게 말하면서 돌아보던 송화의 움직임이 멎어 버렸다. 그녀의 얼굴 가득 놀라움이 번졌다.

"……은강 씨."

송화의 시선이 은강의 품에 안겨 있는 꽃다발에 닿았다. 탐스럽고 아름다운 꽃다발을 들고 선 은강의 모습이 그림처럼 근사했다.

"이, 이슬이는요?"

괜히 은강의 뒤를 살피며 송화가 물었다. 이슬이 짠, 하고 나타나 까르르 웃을 것만 같았다. 차라리 얼른 나타나는 편이 좋겠다. 쑥스러움을 이겨 내기 위해 던진 송화의 질문에 그가 천성처럼 무감하게 답했다.

"이슬인 놀이공원에 갔어요."

"네?"

"유리 누나가."

"아……."

"데려간다고 전화했는데 송화 씨가 안 받아서요. 일단 출발할 테니 이따 전화해 달라고 했어요."

"아아, 그, 그렇구나."

더 어색해졌다. 유리가 일부러 만들어 준 자리라는 것을 완벽히 깨달았다. 송화가 곤란한 목소리로 읊조리듯 말했다.

"애 성가실 텐데 괜히 어, 어쩌죠. 유리 언니한테 빨리 전화……."

"그보다."

"……."

"이것부터 좀 받죠. 팔 아픈데."

그가 내민 꽃이 눈앞에 불쑥 들어왔다. 송화의 가슴이 콩콩 뛰었다. 겨우 손을 들어 꽃다발을 받았다. 묵직하게 쥐어지는 생화의 무게감. 은근하게 퍼져 올라오는 향기. 꽃이다. 누군가 자신을 위해 사 온 꽃은 처음이었다. 게다가 이렇게나 아름다운 꽃이라니.

은강이 건넨 꽃다발을 안고서 송화는 입술을 깨물었다. 좋으면 눈물이 난다는 말을 실감했다. 그동안은 그럴 정도로 좋은 일이 별로 없었으니 몰랐는데, 울컥 올라오는 감정을 주체할 수 없을 만큼 좋았다.

"모퉁이에 꽃집이 있잖아요. 오다가 그냥 눈에 띄길래."

"아, 네······."

"마음에 안 들면."

"아니요. 아니, 아니에요."

꽃다발을 안겨 주고도 무뚝뚝하게 내뱉는 그의 말허리를 잘랐다.

"마음에 들어요. ······너무 예뻐요."

이렇게 정성스러운 꽃다발은 오다가 그저 무심코 샀을 리가 없는 종류의 것이었다. 메인이 된 꽃 외에 어우러진 부재료들의 고급스러움이라든가, 얌전한 듯 기품이 넘치는 포장까지, 그냥 대충 산 꽃다발이 아님을 알 수 있었다.

평생 꽃 한 번 받아 보지 못했던 여자지만 이건 직감이다. 마치 오다 주웠다는 듯 시크한 척하고 있어도, 꽃다발을 만드는 분 옆에서 은근히 이것저것 참견했을 게 분명했다. 받는 사람의 취향과 성향을 제대로 파악하고 만든 꽃다발이 마음에 안 들 리가 없다. 오직 자신만을 위한 꽃인데 말이다.

"고마워요. 이 꽃 진짜 예뻐요. 정말······."

예쁘다는 말밖에 표현할 게 없어 애가 닳을 정도였다. 그런 송화에게 은강이 말했다.

"리시안셔스."

"네?"

"그 꽃 이름이래요."

"아. 리시안셔스요."

이름은 몰라도 그저 보는 것만으로도 좋은데, 은강은 굳이 꽃 이름을 말해 주었다.

"나중에 심심하면 검색해 봐요, 그 꽃."

"네, 그럴게요."

어떤 뜻에서 하는 말인지는 모르고 송화는 금세 수긍했다. 그러고는 식사에 초대했다는 사실을 상기하며 얼른 말했다.

"배고프죠? 들어가서 앉아 있어요."

송화는 꽃다발을 한쪽에 내려놓고 가스레인지의 불을 껐다. 은강은 아까 그녀가 이슬에게 놓으라고 시켰던 수저가 어디 있는지 둘러보았다. 그때.

"아얏!"

송화의 비명. 다 끓은 꽃게탕을 확인하고 냄비 손잡이를 집으려던 순간이었다. 그녀가 놀라서 소리 지르며 제 손을 움켜쥐었다.

"송화 씨!"

빠르게 다가선 은강이 송화의 손을 잡아 싱크대 앞으로 끌었다. 차가운 물이 잡은 손 위로 쏟아졌다. 순식간이었다.

쏴아아, 싱크대에 시원하게 쏟아지는 물소리가 유독 크게 들렸다.

좀처럼 표정을 찾아볼 수 없던 은강의 얼굴은 걱정과 당황이 뒤섞여 있었다.

"괜찮아요? 일단 찬물에 식혔으니 병원에……."

"병원은 무슨……. 아니에요."

단호하게 말을 갈랐다. 화상은 아니었다. 뜨거운 부분을 잡으려다 그저 놀랐을 뿐.

그보다 그에게 잡힌 손이 홧홧하게 타오르는 것처럼 느껴졌다. 찬물이 닿고 있는데도 차오르는 열기는 감출 수가 없었다.

"진짜 괜찮은 거예요?"

은강이 이내 물에서 꺼낸 손을 잡고 이리저리 살피며 물었다.

툭. 툭. 두 사람의 잡은 손에서 떨어지는 물방울.

"약국이라도 가야……."

걱정 어린 눈빛으로 그녀의 손을 들여다보며 말하던 그와 문득 시선이 닿았다. 자신을 물끄러미 올려다보고 있던 송화의 눈과 마주친 은강 역시 하던 말을 잊었다.

쏴아아. 쏴아아.

미처 잠그지 못한 물이 작은 폭포처럼 쏟아져 요란한 소리를 빚어냈다. 시간의 흐름도, 공기의 흐름도 멎어 버린 순간, 오로지 물줄기만 세차게 쏟아지는 그때.

누가 먼저인지 알 수 없었다. 다가갔고, 다가갔다. 닿았고, 닿았다. 부딪혔고, 부딪혔다. 입술인지 꿀인지 분간이 되지 않았다. 끌어당겨진 몸은 속절없이 무너졌다. 기다렸던 이의 입술은 그저 달았고 품은 마냥 따뜻했다.

어느덧 물소리는 멎었다. 피어오른 열기가 빈구석을 채웠다.

서로가 서로의 마음을, 서로가 서로의 몸을, 애태우고 그리워하던 품을, 들이마시고도 모자란 숨을, 취하고, 취했다. 흩어지는 숨소리, 가녀린 떨림, 온유하나 깊은 입맞춤. 모든 것을 충족시키고도 남을 만한 사랑, 사랑, 사랑.

시작된 열락에 리시안셔스 향이 한없이 짙게 스며들었다.

[아이고. 이슬이가 잠들어 버렸네. 놀이공원에서 우리 집이 가까우니까 그냥 여기서 재울게. 미안. 내가 피곤해서 송화 씨 집까지 데려다주지 못하겠다. 내일 일요일이니까 괜찮지? 그럼 내일 봐!]

유리의 문자가 도착해 있었다. 놀이공원에서 즐거워하는 이슬의 모습이 담긴 사진도 몇 장 함께였다.

은강과 자신이 함께 있을 수 있도록 일부러 애써 줬다는 걸 모를 수 없었다. 다들 고마웠다. 고마운 그 마음에 가슴까지 시큰거렸다.

"안 자요?"

평소보다 한껏 허스키해진 음성. 귓가에 간질간질. 뒤에서 은강이 손을 뻗어 끌어당겼다. 함께 누운 상태로 포개지듯 보다 가까워졌다. 그의 가슴에 등을 대고 가만히 안긴 채로 송화는 손에 쥐고 있던 휴대폰을 내려놓았다.

"깼어요."

"다시 자요. 아직 밤인데."

"이슬이가 잠들어서 유리 언니가 집에서 재운대요. 오늘 이슬이 못 온대요."

목 뒤편에 그의 웃음 섞인 숨이 닿았다. 예상했던 일인 듯.

"다른 사람들이 우리 때문에 너무 힘들겠네요."

"……"

"안 되겠다. 우리 결혼해요."

"네?"

바로 눕힌 송화를 쓰다듬고 바라보며 그가 말했다. 그녀는 할 말을 잊은 듯 그저 입술을 벌렸다.

"안 그러면 카페 식구들이 우리 때문에 계속 고생할 것 같은데."

"아…… 은강 씨."

농담 같은 말을 뱉던 입술이 이내 진지해졌다. 지극히 서은강다운 모습이었다.

"즉흥적인 결정 아니고 내내 생각했던 거예요."

"……"

"나는 이제 생각 끝났으니까 송화 씨만 하면 돼요."

분명한 눈빛. 분명한 음성. 그렇게 예상치 못했던 한밤의 프러포즈.

"좋은 남편, 좋은 아빠가 되도록."

"……"

"열심히 노력하며 살게요."

거절의 이유가 없었다. 붙잡고 싶었다. 이 사랑을 절대 놓치고 싶지 않았다.

별 비처럼 가만히 쏟아지는 자잘한 입맞춤에 송화는 눈을 감았다. 이토록 행복한 밤이라면, 영원히 계속되기를 바랐다.

딱 지금처럼만 행복하기를. 그게 지나친 욕심이 아니기를. 바라고 또 바랐다.

이후 송화는 꽃의 이름을 일러 주고 심심할 때 검색해 보라던 은강의 속내를 알게 되었다. 리시안셔스를 입력하자 나오는 검색 결과에는 그 꽃이 가진 꽃말이 빠지지 않았다.

'변치 않는 사랑.'

그 꽃말 때문에 연인끼리 선물하거나, 신부의 부케에 쓰이기도 한다고 했다.

리시안셔스. 그의 고백이었다. 끝이 없는 고백.

그렇게 은강의 마음이 가득 담긴, 리시안셔스를 선물로 받은 그 밤. 꽃은 시들고 밤은 흐르지만, 잊을 수 없는 꽃. 잊을 수 없는 밤. 가슴에는 지울 수 없는 사랑. 그것만이 이제 그들의 전부였다.

해가 바뀌기 전 치른 결혼식 때 송화는 리시안셔스를 부케로 들었다. 그리고 그중 한 송이가 부토니아로 은강의 가슴에 달렸다.

서로의 한 조각이 되어 은강과 송화는 그렇게 새로운 인생을 맞이하였다.

이듬해 사월, 정호와 유리의 결혼식 날.

온 식구 모두 중요한 행사에 함께 참석해야 하니 아침부터 분주할 법도 하건만 은강의 집은 그렇지 않았다. 비슷한 성향의 세 사람이 한데 모여 있으니 그저 차분하고 고요하기까지 했다.

옅은 분홍색 원피스를 입은 이슬이 제일 먼저 준비를 마치고 거실 소파에 앉았다. 그리곤 조용하게 움직이는 부모를 쳐다보다가 옆에 내려 둔 책을 들어 올렸다. 아무래도 기다림이 조금 길어질 것 같아 차라리 책을 보는 게 덜 지루할 듯했다.

"어, 화병 바뀌었네요."

은강이 셔츠 소매 커프스를 잠그며 식탁 위의 화병을 보고 말했다. 그가 사 온 리시안셔스가 가득 꽂혀 있었다. 은강은 결혼 후에도 보름에 한 번 정도 꼭 꽃을 사 오곤 하였다. 바꾼 화병을 보며 송화는 고개를 끄덕였다.

"네. 이거 유리 화병 모양 예쁘죠?"

꽃을 사다 주면 늘 기뻐하며 정성껏 화병에 장식하는 아내였다. 그건 단순한 꽃이 아니라 했다. 사랑이었다. 그가 주는 사랑. 받는 일에 익숙지 않은 그녀에게 은강은 아낌없는 사랑을 주었다. 퍼붓다시피 했다. 움츠리고 있던 그녀를 일어나게 했던 것도 결국 그의 사랑이었다.

다시는 누군가를 마음에 품지 않으려던 은강의 상처도 그렇게 치유되어 갔다. 자신을 보고 웃는 그녀의 미소 덕분에 그도 살 수 있었다. 은강은 화병의 위치를 다시 잡는 송화를 가만히 바라보았다.

꽃처럼 아름다운 사람. 하지만 꽃처럼 살지 못했던 사람. 이제 내가 흙이 되고, 물이 되고, 공기가 되고, 햇빛이 될게. 당신 그냥 꽃으로 살아. 내가 그렇게 만들 테니까. 당신은 그냥 계속 꽃으로만 살아.

"왜, 나 뭐 묻었어요?"

문득 고개를 돌린 송화가 물었다. 은강은 그런 그녀의 팔을 당긴 후 이마에 쪽, 뽀뽀를 해 주었다. 그리고 입술에도 한 번. 그때 거실 소파에서 들려오는 소리.

"음. 엄마? 좀 늦은 것 같은데."

"알았어. 이제 다 했어. 여보, 여기 시계요."

보다 못한 이슬이 하는 말에 두 사람은 웃으며 다시 외출 준비를 했다. 그리고 나란히 집을 나섰다.

정호와 유리가 식을 올리는 한국대학교에서 두 정거장 떨어진 아파트. 그곳이 은강과 송화가 신혼 생활을 시작한 새집이고, 또 세 식구의 보금자리였다.

세 사람은 벚꽃잎 떨어지는 길을 걸었다. 날씨가 좋은 날이었다. 가운데에서 은강과 송화의 손을 잡고 걷던 이슬이 뭔가 할 말이 생겼는지 은강 쪽을 보았다.

"근데 오빠! ……앗!"

불러 놓고 자신도 놀라 입을 합, 다물었다. 이슬은 아직 익숙해지지 않은 호칭 때문에 종종 실수하고는 했다. 이에 은강이 나지막이 정정해 주었다.

"오빠가 아니고 아빠."

"아빠, 아빠."

이슬이 방긋 웃으며 애교 섞어 은강을 불렀다. 태어나 처음 생긴 아빠, 처음 불러 보는 아빠였다. 감정이야 이미 둘도 없는 아빠지만, 호칭만큼은 시간이 좀 더 걸릴 것이다. 그런 건 문제가 되지 않았다. 이슬과 송화를 보는 은강의 눈가에 웃음이 어렸다.

혼자였던 삶에 너무도 큰 선물. 외롭던 가슴이 때때로 벅차올랐다. 오빠가 아닌 이젠 아빠. 혼자와 둘이 아닌 이젠 셋. 채이슬이 아닌…… 이젠 서이슬. 셋이 함께하는 삶에 가득한 건 웃음이요, 그리고 사랑이었다.

2. 허니문

운하를 따라 꼬불꼬불 이어진 길을 걸었다. 수상 택시로 호텔 앞 선착장에서 내리려다가 일부러 조금 떨어진 곳에서 내려 걸어왔다.

이번에는 혼자가 아닌 둘이다. 그것도 손을 꼭 잡고서. 정호는 가슴을 꽉 채우는 감정에 벅차올랐다. 반짝반짝, 물 위에 닿은 햇살이 하염없이 부서졌다. 공기마저 달콤한 지금, 이곳 베네치아에 다시 왔다는 사실이 꿈만 같았다.

게다가 신혼여행이라니. 김유리와 단둘이 처음 온 이 여행이 바로 신혼여행이라니! 마음 같아서는 힘껏 소리라도 지르고 싶은 심정이다. 지금 손을 잡고 걷는 이 여자가 바로 내 아내라고. 그토록 오랫동안 사랑해 온 여자와 드디어 결혼했다고.

그는 큰소리로 외치며 이 골목 구석구석을 뛰어다니고 싶은 마음이었다. 그 모습을 본 누군가는 미쳤냐고 욕을 해도 할 수 없을 정도다. 이 기분을 누가 알까. 아무도 모를 것이다.

그때, 상념을 일깨우는 유리의 먹먹한 목소리.

"내가 그때 이 길을 걸으면서 얼마나……."

베네치아에 오니 유리 역시 감회가 새로운 듯했다. 그래, 그녀는 이 마음을 공유할 유일한 사람이다. 서로만이 이해할 가슴 아픈 이별, 그리고 엇갈림. 그 과정에서 서로가 얼마나…….

"내가 얼마나 네놈 시키 잡아다 두드려 패고 싶었는지 알아?"

"으응?"

나긋하던 공기가 파사삭 갈라지는 듯했다.

"네놈 자식의 다리몽둥이를 콱."

콱…….

"주둥이도 확."

확……. 먹먹한 음성 속 가득 찬 노기와 울분.

"아오. 진짜, 그때 생각만 하면 내 아직도 깊은 빡침이 끓어오른다, 십팔 송이의 개나리 꽃 같은……."

"하하하."

정호는 일순 찾아온 긴장감에 헛웃음만 흘렸다. 땀이 삐질 흐르는 느낌이었다. 이제 겨우 베네치아에 도착했을 뿐인데. 여기까지 올 때만 해도 분위기 꽤 좋았는데. 아니, 왜 갑자기.

"웃어? 네가 웃어? 이 토깽이 새키가 간이 부었나."

"아니, 진정해. 유리야, 김유리? 내가 웃겨서 웃는 게 아니고, 으아아악!"

철썩!

"여기가 어디라고 여기까지 와서 숨어 가지고, 어? 야, 야, 너 내가 그때 하늘에 버린 돈과 시간을 생각하면, 지금도 내가 아까워서 잠을 못 자, 어? 근데 웃어?"

"아니, 내가 준다니까…… 흐악!"

"내 앞에서 돈지랄하지 말랬지! 이제 돈 막 쓰는 거 나한테 걸리기만 해! 어디 숨바꼭질을 할 데가 없어서 비행기를 타고 도망을 가! 어! 이 시키가 돈 무서운 줄 모르고!"

가슴이 아픈 이별이 아니었다. 왜곡된 기억은 이제껏 애틋함만 부각하게 했을 뿐이었다. 통각이 이렇게 생생한데 어째서 이걸 잊었을까. 아아, 가슴이 아니라, 등짝이 아픈 이별이었던가.

철썩!

"아아악! 결혼하면서 바로 파워 업했냐! 어째 강도가 그제보다 더 세진…… 흐어억!"

철썩!

"살려 줘!"

"내가 도착해서 이 호텔에 너 없는 거 확인하고 그때 얼마나 황당했었는지 알아?"

"아니, 내가 너 올 줄 알고 도망간 것도 아니고, 나도 일부러 그런 게 아닌데……."

"어딜 자꾸 토껴서 토깽이냐! 또 그러기만 해!"

"토깽이는 네가 붙인 별명이지, 내가 토껴서가 아니잖……."

"닥쳐!"

"김유리, 김유리? 정신 차려. 진정하자고."

"진정은 개나 줘!"

"개는 네가 개고……."

폭주하는 유리를 힐끔거리며 보고 지나가는 사람들이 있었다. 자신이 매 맞는 남편의 전형으로 비칠까 두려운 정호는 애써 웃어 보였다. 하하, 이 정도야 저희는 그냥 일상입니다만. 유리는 허리에 손을 짚고 호텔 건물을 노려보았다.

"이 호텔 다시 와서 보니까 더 열 받네, 진짜."

"그러게 이번에는 다른 호텔로 하자니까 굳이 네가 여기로 하자고 한 거잖아. 왜 굳이 눈으로 보고 고통받는 쪽을 택하냐. 역시 인간의 욕심은 끝이 없고 같은 실수를 반복…… 아악!"

결혼 직후 신혼여행지에 정호의 비명이 널리 울려 퍼졌다. 웰컴 투 베네치아. 두 사람의 허니문이 제대로 시작되었다.

고등학생 시절에 유리가 했던 이야기. 베네치아로 신혼여행을 가고 싶다던 그 말 때문에 정호는 이곳까지 숨어들었었다. 잊으려 해도 잊을 수 없어 자신도 모르게 왔던 곳. 그곳에 지금은 유리와 함께 왔다니. 생각할수록 울컥하고 올라오는 감정이 가득했다.

'아. 맞아, 베네치아 주변에 무라노 섬이라고 있어. 거기서 유리로 만든 반지 선물 받으면 그 허니문이 얼마나 의미 있고 좋겠냐.'

'김유리, 설마 네 이름이 유리라서, 유리 공예가 유명한 무라노 섬 가고 싶다는, 그런 유치한 발상은 아니겠지?'

'왜 아니야? 원래 사랑은 유치한 거랬어. 유치함을 무릅쓰고, 유리처럼 투명하고 맑고 아름다운 너를 영원히 사랑해, 이러면서 유리 반지를 딱! 끼워 주면, 크흐. 너무 멋있지 않겠냐?'

김유리의 발상이라고는 믿기 힘들 만큼 유치한 그 로망을 실현하러 결국 와 버렸다.

"우와. 방 좋다!"

체크인 후, 방에 들어선 유리는 감탄 어린 목소리로 외쳤다. 물론 정호

는 자신이 혼자 머물 때보다 더 좋은 등급의 객실로 예약했다. 앤티크 샹
들리에부터 화려한 침대에 장식품들까지 마치 옛 유럽의 귀족 침실을 연
상시켰다.

현대적인 분위기의 호텔들도 따로 있지만, 그녀가 꼭 이 호텔에 묵어야
겠다고 했으니 하는 수 없었다. 그래 놓고 막상 와서 보면 그녀의 스타일이
아니라고 불만을 드러낼 수도 있겠다 각오는 했었다. 그러나 유리는 의외
로 기뻐해 주었다. 무엇인들 안 좋을까. 지금은 다 좋을 수밖에 없었다.

정호가 포터에게 팁을 건네고 보내는 동안 그녀는 창문 쪽으로 다가갔
다. 바다를 향해 난 창문 밖 풍경을 바라보며 숨을 크게 들이쉬었다. 낯선
바다에 낯선 건물, 낯선 광장, 그 모든 것이 낯선 곳. 그러나 의미를 두기
시작한 이후로는 이 낯설고도 아름다운 물의 도시가 제 마음 한구석을 크
게 차지해 버렸다.

김정호. 너 이곳에서 혼자 얼마나 아파했었니. 얼마나 괴로웠었니. 내가
얼마나…… 보고 싶었니. 자신이 서울에서 힘들었던 것만큼, 아니, 어쩌면
그 이상으로 힘들었을 그를 생각하면 아직도 가슴이 시렸다. 눈길 닿는
곳마다 그의 마음이 오롯이 느껴졌다. 서로 마주 보게 되고, 함께 걷게 되
고, 힘든 일들을 다 겪고 나서 마침내 결혼했으니 이제는 더 이상 바랄 것
이 없었다.

사월의 벚꽃, 그리고 여기 베네치아. 한때는 아프고 시렸던 그 모든 것
들도 이제는 새로운 시작과 함께하게 되었다. 그러니 감사한 마음뿐이다.
유리는 벅찬 가슴으로 아름다운 풍경을 바라보았다.

"김유리."

뒤에서 다가온 정호가 허리를 안았다.

"드디어 우리 둘만 남았네."

부드러운 백허그에 돌연 유리의 심장이 두근거리기 시작했다. 아, 그렇

구나. 둘만 남았네.

"진짜 좋다."

귓가에 닿는 숨소리와 섞인 그 말.

"흐윽, 야, 어딜 만져!"

허리께 안고 있던 손이 가슴으로 올라오려는 찰나 유리가 얼른 잡아 내렸다. 자동 밀착 기능이라도 있는 듯 그 손은 다시 갈 길을 찾았지만. 동시에 아무런 말 없이 정호는 그녀를 더 강하게 당겨 안았다.

경유까지 해 가며 오랜 비행 끝에 겨우 도착한 베네치아였다. 결혼식을 하고, 비행기에서 거의 하루를 고스란히 버리면서 온 터라 몸이 굉장히 피곤한 상태였다. 원래는 짐을 올려놓고 잠깐 쉬고 난 후에 호텔에서 제공하는 수상 택시를 타고 무라노 섬에 다녀오려고 했었다.

하지만 공항에 도착한 순간 그마저도 피곤하게 느껴져서 시차 적응도 할 겸 오늘은 그냥 푹 쉬기로 했었는데. 정호의 손길은 그게 아니었다. 오래 참았다는 말까지 하며 안는 것을 보면 뭘 해도 끝장을 보려는 기세인데…….

"조, 좀 쉬자며."

"그래, 쉬자."

누가 뭐라고 하냐는 듯 정호의 음성은 그저 태연자약했다. 그러나 손은 뜨거웠다. 숨도. 밀착해 온 그의 몸도.

"일단 좀 씻고 쉬고, 그러고 나서, 응?"

유리는 정호를 달래듯 말했다. 효과가 있는지 이내 손의 움직임이 멎었다. 하지만 그가 어깨를 잡고 돌려세웠다. 이제 창문을 등지고 정호와 마주 보게 되었다. 유리는 마른침을 조심스럽게 삼켰다. 마주 보니 더 확실히 알 수 있었다. 자신을 내려 보는 그의 눈빛이 얼마나 뜨거운지.

밀폐된 공간. 결혼한 사이. 지금은 신혼여행. 그 사실을 너무도 정확히 아는 정호가 옭아매듯 강한 눈빛으로 자신을 바라보고 있었다. 호텔 앞에서 그의 등에 강력한 등짝 스매싱을 선사하던 여자는 여기 없다. 정호의 타는 듯한 눈빛과 기세에 짓눌린 김유리만 있을 뿐.

"어휴. 아무리 그래도, 이렇게 환한데 설마."

유리는 창밖에서 쏟아지는 환한 빛에 안심했다. 그래, 아직 낮이니까. 그런데 정호가 손을 뻗었다. 그리곤 고풍스러운 커튼을 당겼다. 점차 줄어들던 빛이 이내 모습을 감추었다. 낮은 조도의 실내조명만 은은하게 깔렸다.

"불 완전히 다 꺼 줘?"

설마가 사람 잡는다.

"아, 아니, 환한 게 문제가 아니고……."

유리가 어색하게 웃으며 말했다.

"대낮이잖아, 하하."

"우리 처음에도 낮에 했었지, 아마?"

"아……."

그랬다. 그때도 낮이었다.

"그리고 지금 서울은 한밤중이야."

"응?"

"여긴 낮이지만, 서울은 밤이라고. 우리는 다행히 아직 시차 적응을 못했고."

다행이라니. 그게 다행이냐.

"지금 눕는다 해도 이상할 게 전혀 없지."

"아, 아니. 낮에도 눕고, 밤에도 눕고 하면 내일은 또 어쩌려고. 좀 버텼다가 이따가 밤에 자야지!"

이 상황만 모면해 보겠다는 얄팍한 말을 내뱉었지만, 그마저도 통하지 않았다.

"누가 잔대?"

정호의 손이 유리의 볼을 어루만졌다. 잔뜩 굳은 입술도 엄지로 살며시 훑어 주었다. 긴장할 필요 전혀 없다는 듯. 천천히, 부드럽게.

"나, 너 안 재울 건데."

지나치게 섹시한 그 음성. 유리는 정신이 아득해지는 기분이었다. 아, 심장이 터져 죽을 수도 있겠구나. 유리는 정호처럼 태연해 보이려 반박했다. 정작 떨리는 목소리만은 감출 길이 없었다.

"안 자면 어쩌려고. 푹 자야 내일부터 구경도 다니고 맛있는 것도 먹고, 여행다운 여행을 하지."

"아무 걱정 하지 마. 너 피곤한데도 보고 싶은 거 있으면 업고라도 가 줄 테니까. 너는 그냥……."

"……."

"숨만 쉬어. 내가 다 해 줄게."

엷게 미소 짓는 입술에 색기가 뚝뚝 떨어졌다. 그의 말에는 반박의 여지도 없다. 이 여행은 신혼여행이 아닌가. 이쯤 되니 절로 수긍하게 된다. 유리는 모든 것을 놓아 버렸다.

그래, 까짓것. 죽으면 실컷 자는 게 잠인데! 안 자면 또 어때! 에라, 모르겠다. 막다른 길 끝으로 집요하게 모는 쪽은 언제나 정호, 더 이상 물러날 곳이 없는 걸 안 후에 돌진하는 쪽은 언제나 유리였다.

그러니 결국 뜨거운 시선을 견디다 못한 유리가 먼저 키스하고 말았다. 기다렸다는 듯 입을 맞추는 정호는 여느 때보다 훨씬 더 강렬했다. 전과는 완전히 다른 키스였다. 다가올 상황의 전초전임을 알기에 더욱 그러했다.

유리는 손을 올려 그의 목을 감싼 채 눈을 감았다. 그는 한 손으로 유리의 허리를 당겨 안았다. 나머지 자유로운 한 손이 티셔츠 자락을 올리며 배회를 시작할 무렵, 입술을 뗀 유리가 부끄러운 시선을 피하며 말했다.

"……우, 우선 나 좀 씻고."

"그래."

달아오른 숨소리에 허스키해진 음성이 금세 수긍했다. 순순히 놓아주는 듯하던 정호가 손을 잡아끌었다. 방향은 욕실 쪽이었다.

"야, 야아!"

당황한 유리가 이끌려 들어가며 외마디 비명을 질렀고, 정호가 다시 태연하게 물었다.

"왜, 문제 있어?"

"나가 있어! 먼저 씻고 나갈 테니까."

"같이……."

"이게 미쳤나, 진짜! 툭하면 같이래, 뭘 같이야, 같이는! 빨리 못 나가?!"

하필 처음 시작이 욕실이었던 이유로, 틈만 나면 정호는 같이 샤워를 하자고 우겼다. 하지만 한 번도 허락해 준 적은 없었다. 처음은 정신이 없었으니 어쩔 수 없었지만, 사실 좀 창피한 까닭에 유리는 피하고만 싶었다.

그러니 가뜩이나 결혼을 준비하기 위해 바쁘게 보냈던 시간 속에서, 정호는 그간 원하는 만큼 해소를 못 했다고 하는 것이겠지. 하고 싶은 게 아주 많다고 했다. 이런 거, 저런 거, 그런 거, 뭐, 뭐, 그게 다 대체 뭔데!

그런데 이런 상황에서 정호는 이성적이다 못해 뻔뻔하게 느껴지는 목소리로 말했다.

"원래 성공하는 사람들이 시간 활용을 잘하는 법이야. 같이 씻으면 시간을 절약할 수 있는데 왜 따로따로 해."

"그게 뭔 개소리야."

"게다가 전 세계 국가가 물 부족으로 어려움을 겪는 시대인데 설마 물

낭비를 하자는 건 아니겠지? 같이 씻으면 절약할 수 있는데."

"궤변(詭辯)이잖아. 닥치고 그냥 빨리 나가. 어휴, 이게 말이나 못 하면."

어금니를 물고 말하는 유리를 보며 정호가 싱긋 웃었다.

"궤변이 아니라 달변(達辯)."

이마저도 라임을 맞춰 반박하는 정호 때문에 기가 찼다. 유혹하는 듯 섹시한 눈빛에 어울리지 않게 싱그러운 미소까지 머금으니 더더욱 어이가 없다.

끝까지 한마디도 안 지는 그는 이미 작정한 듯했다. 떠밀어도 절대 나가지 않을 바위 같은 남자. 두고 나오면 다시 끌고 들어갈 거머리 같은 남자. 강하면서 끈덕진 데에 누가 당해 낼까. 이렇게 또다시 김정호의 근성 앞에 무너지고 마는가.

유리는 큰 결심을 한 듯 크게 한숨을 내쉬었다. 그래, 까짓것. 어차피 이제 앞으로 계속 보게 될 텐데! 같이 씻으면 또 어때! 에라, 모르겠다.

쾅. 결국 욕실 문이 닫히고 말았다.

"아잇!"

허리를 잡아끄는 손의 힘은 이전보다 훨씬 더 강했다. 귓가를 거쳐 목덜미에 내려앉은 뜨거운 숨결에 간지러워진 유리는 그만 어색한 웃음을 터뜨리고 말았다.

"아하하…… 기, 김정호……."

"웃지 마."

장난기를 쏙 뺀 음성이 욕실 타일에 부딪혀 서늘히 울렸다. 어차피 웃겨서 웃은 것도 아닌데 다 아는 사람이 너무 정색하시네, 하고 중얼거리려던 순간. 그윽하고도 낮은 목소리로 그가 말했다.

"자꾸 웃으면, 내가 너 울리고 싶어지잖아."

"……."

마치 놀리듯.

"그러니까 그만 웃어."

맞닿은 눈빛에는 장난기 대신 지극히 섹시하고도 위험한 기운이 서려 있었다. 유리는 합, 숨을 들이켰다. 우, 울리다니. 네가? 나를? 왜? 아니, 어떻게?

이렇게 야릇한 분위기를 한껏 조성하는 가운데 울리고 싶다고 하면, 그에 대한 질문은 건네 봤자다. 이런 상황에서 우는 거야 딱 하나 아닌가. 답은 하나. 그래, 바로 그 하나. 쾌감에 못 이겨 울 때까지 몰아붙이겠다는 것이지. 그는 그러고도 남을 남자였다.

사실 두 사람이 연애한다는 걸 온 동네가 다 아는 마당에 대놓고 외박을 하기도 참 민망했다. 그렇다고 낮에 둘만의 시간을 만드는 것도 하루, 이틀이지. 가뜩이나 결혼 준비로 바빠지면서는 함께 시간을 보내기 더욱 힘들어졌었다.

정호는 더 힘들다고 했다. 차라리 아무것도 몰랐을 때가 막연해서 좋았다며. 이렇게 알게 된 후에 참는 건 더 고역이고, 고문이라 하였다.

가끔 시간과 장소가 허락하면 그는 그 안에서 폭발하고는 했다. 항상 팔자 좋게 늘어져 있는 듯한 토깽이 녀석이, 이런 순간에는 죽자 살자 달려들곤 하니 이놈 인생에 이렇게 열정을 불태우는 건 또 드물지 싶었다.

그런데 허니문이라니. 완벽하게 허락된 시간과 장소. 방해 요소는 아무것도 없다. 참을 필요가 없어진 남자는 지극히 위험했다. 이 먹이가 얼마나 맛있는지를 알게 된 짐승이 아껴 가며 겨우겨우 먹다가 드디어 양껏, 맘껏 포식할 기회를 맞이한 것이다.

유리는 눈을 질끈 감았다. 잔뜩 젖은 입술이 닿은 곳마다 세세한 떨림이 새겨졌다. 그녀는 더 이상 웃지 못했다. 울리겠다는 그의 협박 때문에 멎은 웃음은 아니었다. 웃음이 아니라면 숨이라도 멎을 뻔한, 농밀하고도 짙은 키스에는 당해 낼 재간이 없었다.

정호의 탄탄한 팔에 갇혀 그가 이끄는 대로 끌려가는 것, 그게 유리가 할 수 있는 전부였다. 그는 오랫동안 굶고 참고 기다리면 남자가 어떻게 되는가를 철저히 보여 주기 시작하였다.

시간은 이제 겨우 낮. 허니문은 이제 겨우 시작. 쏟아지는 물소리가 유난히 청명했다. 손길이 닿는 곳마다 화르르 열기가 번져 갔다. 더 이상 중요한 건 아무것도 없었다. 오직 서로만이 전부인 시간이었다.

욕실 거울에는 김이 뽀얗게 서리고, 은근하게 떨리는 입술이 서로를 머금고 더듬었다. 서로가 서로를 찾아드는 그 순간, 순간마다 흩어지는 숨, 그윽이 짙어지는 향. 젖은 입술의 움직임에 쾌감이 짙게 새겨졌다. 실오라기 하나 걸치지 않은 모습으로 닿은 채 그렇게 타는 듯한 열기 속에 하염없이 시간이 흘렀다.

욕실에서 나오면서도 서로를 놓지 않았다. 물기를 제대로 털어 내지 못해 젖은 몸이 뒤엉켜 그대로 쓰러졌다.

"하아……."

가녀린 신음이 터지고 이내 서로의 몸을 꽉 채웠다. 유리는 정호의 잔뜩 찡그린 미간을 바라보았다. 저런 표정을 짓는구나, 내 안에 들어올 때, 아찔할 만큼 섹시한 그런 얼굴이었구나. 흐윽, 낮은 신음을 흘리는 그를 보다가 유리는 다시 눈을 감았다.

그의 움직임이 부드럽다가도 강해지고, 여유롭다가도 급해졌다. 견딜 수 없는 쾌감에 몸서리가 쳐졌다. 이내 거센 파도처럼 몰아닥치고 남김없이 몰아붙여 마침내 절정에 치달았다.

가볍고, 또 가볍게 웃던 입술은, 무겁고, 또 무겁게 사랑을 말하고. 헤프고, 또 헤프게 장난을 걸던 손은, 부드럽고, 또는 강렬하게 사랑을 건네며. 웃었고, 또 울었다. 서로를 완벽하게 나누어 가지며, 한없는 행복을 느끼면서. 잊지 못할 것이며, 잊지 않을 두 사람의 허니문, 그 낮, 그 밤이 계속되었다.

유리는 몸을 조금 일으켜 침대 헤드에 등을 기대었다. 시트를 끌어 올려 허전한 제 몸을 가리고는, 잠들어 있는 그를 지그시 바라보았다.

어제 낮, 욕실에서부터 여기 있는 침대까지 무슨 정신으로 왔는지 기억이 나질 않는다. 그 후라고 기억이 온전히 날까. 아니었다. 폭탄 맞은 것처럼 지난 기억이 엉망진창이었다. 사실 제정신은 아니지 싶었다. 이후 꽤 오랜 시간 그에게 안겼다. 울었든, 정신을 놓았든 어찌 됐든 계속해서 자신을 뒤흔드는 정호로 인해 새벽이 된 지금까지도 그녀는 제대로 정신을 차리기 힘들었다.

그나마 드문드문 기억나는 건 간절하고도 절절했던 그의 음성과 손길이다. 내내 자신을 안고는 쉽게 놓아주지 못하던 정호였다. 안아 주고 또 안겨도 자꾸만 모자란 것 같아서 자신 또한 그에게 하염없이 매달리고 말았던 낮, 그리고 밤. 드디어 결혼으로 인해 고삐 풀린 그가 자신에게 어떻게 달려드는지를 하루 동안 똑똑히 경험할 수 있었다.

그가 실험 정신이 뛰어난지도 처음 알았다. 생전 경험해 보지 못한 자세들로도 안기고 또 안기며, 결혼 전과는 확연히 다른 그의 에너지를 느낄 수 있었다.

게다가 유리 자신도 운동한다고 해 왔는데도 정호에게 무리 없이 안기려면 아무래도 좀 더 몸을 다져야겠다는 생각이 들었다. 그동안은 몸매를 예쁘게 가꾸기 위한 운동이었지, 체력을 키우기 위한 건 아니었으니 말이다. 이 남자, 그전부터 느끼긴 했지만 막상 이렇게 닥쳐 보니, 체력이 보통이 아니었다…….

유리는 가만히 정호를 내려 보았다. 고개를 그녀 쪽으로 돌린 채 눈을 감은 그는 이 새벽이 되어서야 겨우 잠에 들었다. 가만히 감은 눈, 가지런한 눈썹, 빗어 놓은 듯 오뚝한 콧날, 다문 입술. 흐트러진 결 좋은 머리카락.

"하여튼 얼굴까지 필요 이상으로 잘생겼어."

괜히 중얼거렸다.

"자꾸만 반하게."

불퉁한 목소리와 다르게 그의 머리카락을 쓰다듬는 손길은 그저 부드러웠다.

"그래서 곤란하잖아. 이 자식아."

그는 노래를 부르곤 했다. 우리 사이에 반하면 거참 곤란하다고. 우리의 우정은 소중한데, 그렇게 쉽게 막 반하고 그러면 안 되는 거라고. 좋아하는 감정 다 숨겨 가면서 했던 농담이라 생각하니 짠하기 그지없었다. 사람의 마음이란 숨기기 더없이 어려운 것인데. 어떻게 농담이나 해 가며 그렇게 참았을까.

"곤란하지만 네놈 시키한테 완전 반해 버려서…… 나 진짜 너한테 평생을 걸어야겠으니."

"……."

"부담스러워도 앞으로 네가 조금만 참아, 알았지?"

잠든 정호를 향해 조그맣게 속삭이고는 혼자 웃었다. 그의 머리카락을, 귓불을, 뺨을, 내리 쓰다듬으면서 이 사람, 이제 진짜 내 사람이다, 유리는 그렇게 속으로 몇 번이나 되뇌었다.

"유리야……."

정호가 눈을 감은 채로 몸을 옆으로 돌리며 손을 뻗어 왔다. 잠결에 그녀를 찾는 모습을 보자 묘하게 가슴이 요동쳤다. 유리가 몸을 낮춰 그 품에 안기려고 하는데, 그보다 먼저 정호가 그녀의 허벅지를 잡았다. 유리가 침대 헤드에 기대어 앉아 있던 탓이었다. 누워 있던 정호에게는 그녀의 다리가 위치상 제일 가까웠다.

자신의 다리를 껴안으며 바짝 다가온 그의 숨이 맨살에 닿았다. 알 수 없는 소름이 돋고 온몸에 긴장감이 흘렀다. 잠에 취한 그는 당겨 안은 것이 유리의 다리든, 팔이든, 몸 전체든 상관없는 모양이었다. 그저 닿았다는 것에 만족하는 듯 가만히 얼굴을 비볐다.

"꺄악!"

결국 견디다 못한 유리가 저도 모르게 다리를 걷어 올렸다. 퍽!

"아아악!"

본의 아니게 니킥을 선사하는 바람에 정호가 잠에서 깼다. 침대에서 밀려나 벌떡 일어난 그는 가슴께를 주먹으로 누르며 괴로워했다.

"이야…… 김유리 막 이제 자는데 공격하고 그런다, 와아……. 너 자면서 격투기하는 건 내가 알고 있었지만 어떻게 가격을 해도 죽을 곳을 딱 치냐."

통증이 심하진 않은 듯, 정호는 자신의 복장뼈 아랫부분을 건성으로 누르며 유들유들 시비를 걸었다. 엄살이었다. 이에 유리는 억울함을 담아 항의하고자 했다.

"아니, 그, 그러게 왜 네가……."

"내가 뭐."

"네, 네가 먼저!"

"먼저 뭐."

"내 허, 허벅지에."

"허벅지 뭐."

"아니, 여, 여기에 갑자기 왜 볼을 부비부비……."

정호는 이내 사라진 통증에도, 괜히 명치를 부여잡고는 스윽 유리를 살폈다. 저 성격에 길길이 날뛰어도 모자랄 판인데 다 벗고 있어서 그런가, 적극적으로 나서진 못하는 모습이었다. 하얀 시트를 가슴께에 그러쥐고는 낮게 씩씩거리는 유리가 상당히 귀여웠다.

"아, 내가 껴안은 게 네 허벅지였구나."

앉아 있는 모습을 보니 저러고 있었던 모양이었다. 자신과 함께 잠이 든 줄 알았는데 깨어 있었던 듯했다. 정호가 느긋하게 웃으면서 침대로 올라갔다. 시트 안으로 몸을 감추는 대신 유리에게 더 가까이 다가갔다.

"이리 와. 안고 있게."

시트 안에서 두 사람의 몸이 이내 다시 겹쳐졌다. 보드랍고 말랑한 살결과, 단단하고도 세밀한 근육이 맞닿았다. 서로가 서로에게 편안함을 느끼며 꼬옥 껴안았다.

"음……. 근데 김유리, 허벅지가 유난히."

그녀를 제 품에 안은 채 정호가 새어 나오는 미소를 참으며 말을 이었다.

"예민한 거……."

"시끄러워."

"맞구나."

좋은 지식 하나 획득했다는 듯 정호가 웃었다.

"뭐야, 왜 웃어."

"아니, 좋잖아. 결혼하니까."

유리를 꽉 끌어안은 정호의 손이 허리를 타고 내려가 허벅지에 닿았다. 유리가 매몰차게 그의 손을 찰싹 쳤다. 그럼에도 불구하고 정호는 그저 좋아 웃기만 했다.

"허벅지랑 또? 어디를 조심할까?"

어디든지 갈 수 있는 자유의 손을 가진 정호가 생글생글 웃으며 말하자 유리가 황당한 얼굴로 바라보았다.

"그게 조심하겠다는 사람의 태도야?"

"아니, 어디를 조심할지 알아야 나도 특별히 신경을 쓰지."

"특별히 신경 써서 만질 거 아니고?"

그가 태연하게 답했다.

"에이, 내가 목숨이 두 개인 것도 아니고. 너 간지럽게 만들면 나한테 바로 엘보우에 니킥에 트라이앵글 초크까지……."

"알면 관둬라."

"그런데 말이야."

"……."

"살다 보면 때로 죽음에 대항하는 도전을 하고 싶을 때가 있지."

"뭐?"

"지금처럼."

그가 너무도 산뜻한 미소를 지었다. 동시에 펄럭하고 시트가 공중으로 날았다. 도전 의식에 사로잡힌 정호는 무방비 상태로 사선(死線)을 넘고자 하였다. 결국 유리는 그렇게 들이닥치는 그를 막지 못했다. 어차피 그녀가 지는 싸움이었다. 여기는 침대 위니까.

결혼하니 이런 점이 좋구나. 정호는 남들이 절대 알지 못할 김유리의 모든 것에 대해 낱낱이 파악해 가는 것이 못내 뿌듯하기만 했다. 이건 몇 번 보기만 하면 저절로 외워지는 책이 아니었다. 그런 건 정호에게 습득의 기쁨을 안겨 주지 못했었다.

이제 그의 앞에 펼쳐진 세계야말로 알수록 새롭고, 다가갈수록 흥미로운, 진정한 배움의 장(場)이었다. 바야흐로 학습의 계절. 늦게 배운 도둑질은 과연 날 새는 줄 모르게 만드는 마력이 있었다.

모르긴 몰라도 요즘 정호에게 세상에서 가장 훌륭한 서비스가 뭐냐고 묻는다면…….

"역시, 룸서비스."

……라고 대답할 것이다.

"밥이며 술이며 방까지 다 갖다주니, 뭐 힘들게 맛집 찾아다닐 거 있냐. 여기가 바로 천국이지. 고객은 편해서 좋아, 호텔은 매출 증대에 고용 창출까지. 이보다 더 좋은 윈윈 서비스가 어디 있겠어."

정호는 흡족한 얼굴로 말했고, 배스 로브를 걸치고 나온 유리가 아직 입어 보지도 못한 옷들을 물끄러미 바라보았다. 신혼여행 때 입으려고 산 저 옷들은 대체 언제 입어 볼 수 있을까. 의상비 한 푼도 들지 않는 영화를 찍고 있는 기분이 들었다.

"그래서 우리, 밖에는 진짜 안 나가?"

나흘째다. 이 호텔에 들어선 후, 아직 방 밖으로 나가 보지를 못했다. 날 새는 줄 모르는 도둑질은 놀랍지만 아직 현재 진행형. 사실 지금까지는 큰 불만이 없었다. 그녀 역시 정호와 함께 있는 것이 좋았으니까.

게다가 정호는 태한그룹 법무팀에 입사하여 근무하게 되면서 이전보다는 다소 바쁜 생활을 하고 있었다. 그런 그에게 이런 꿀처럼 달콤한 휴식은 정말 소중하리라. 그래서 정호가 하자는 대로 그냥 두고 있었다.

아니, 그래도 그렇지. 아무리 안고 있는 게 좋아도 어째 밤낮으로 계속 이럴까. 품에서 놓아줄 생각을 안 하니 이제 유리는 슬슬 바깥 구경이 하고 싶어진 것이다. 사실 안에 있다고 딱히 쉬는 것도 아니고 말이다. 오히려 체력이 더 고갈되는 느낌이다.

"관광도 좀 하고…… 우리도 좀 나가 봐야 하지 않나?"

유리는 그의 옆에 누우며 애써 부드럽게 말했다. 그러면서도 저도 모르게 정호의 탄탄한 가슴을 짚었다. 습관이란 참 무서워서, 나흘간 익숙해진 그 손길은 저절로 주인을 찾았다.

"나 리알토 다리랑 산 마르코 광장도 그땐 못 봤는데. 이 호텔만 들렀다가 바로 공항에 다시 갔잖아."

"어. 별거 없어. 그냥 사진이랑 똑같아."

정호가 여상하게 말하며 유리의 머리를 쓸어 넘겼다. 그리고 다시 흘러내린 머리카락을 귀 뒤로 넘겨 주며, 호텔에서 나가서 어느 골목 몇 번째로 들어가 어느 파스타 집에서 꺾어져서 얼마만큼을 가면 리알토 다리가 나오는지 줄줄 읊었다.

분명히 베네치아 곳곳을 혼자 다니는 동안 너무도 외로웠다며, 꼭 다시 와서 그 거리를 모두 함께 걷자고 했던 정호였는데. 갈 필요 없어. 볼 필요 없어. 지금은 아무렇지 않게 말하고 있었다. 정호의 말을 들으며 유리가 한숨을 쉬었다.

"어휴. 나는 말로 베네치아 구경 다 했네. 이렇게 따지면 지구 한 바퀴도 돌 수 있겠다. 그럼 우리 여기까지 뭐하러 온 거야? 힘들게. 그냥 서울에 있는 호텔에서 잘걸."

그만큼 둘만의 시간이 더 중요하다는 것, 그걸 왜 모를까.

"내일은 나가자. 다른 건 몰라도 무라노 섬은 가야지."

"어? 진짜? 갈 거야?"

은근히 포기하고 있었던 듯, 무라노 섬에 간다는 정호의 말에 유리가 반색했다. 기뻐하는 그 얼굴을 보며 정호도 웃었다.

"그래, 여기 워낙 작아서 하루만 봐도 충분해. 음, 밖에 나가는 시간이 영 아깝긴 하지만."

"여행 와서 관광하는 시간이 아깝다는 사람은 너밖에 없을 거다."

"나는 이렇게 너 안고만 있어도 좋다고."

정말 좋아 죽겠다는 듯 정호가 유리를 끌어안았다.

"으흡. 숨 막혀!"

버둥거리다가 이내 정호의 등을 마주 안았다. 폭 파묻히듯 안겨서 유리는 눈을 감았다.

내일은 무라노 섬에 가서 유리로 만든 반지를 사고. 자신이 받고 싶었던 그 유치한 프러포즈를 또 받고. 우리 손 잡고 또 이 골목, 저 골목을 걷고. 이 아름다운 물의 도시를 물들이는 석양을 함께 보고. 그리고 다시 이 방에 들어와 꼭 껴안은 채 마지막 밤을 보내면.

그래, 더없이 완벽한 신혼여행. 그것만으로 행복하다. 그게 전부여도 좋다. 우리를 아프게 했던 이곳이, 우리를 힘들게 했던 이곳이, 이토록 아름다운 기억으로 가득 찬 곳이 되었다는 것만으로도 충분하니까.

"그리고 솔직히 김유리, 너도 여기 이 방에만 있는 거, 싫지는 않잖아?"

키스를 퍼붓고 난 정호가 특유의 뻔뻔한 목소리로 말했다.

"내가 워낙 잘해서."

이어지는 말에 유리가 콧김을 킁 뿜어냈다. 비교 대상이 있어야 비교를 하지, 입이 없어 말을 못 하는 게 아닌데 정호는 대답 없는 유리를 보며 웃었다.

"하여튼 김유리 남편 복 끝내준다니까. 나는 대체 못 하는 게 뭐냐? 뭐 하나 했다 하면 그냥 너무 잘해 버리니까. 어휴. 나부터 스스로 진짜 깜짝 놀랐는데 넌 오죽 놀랐……."

"그만해라. 그만 좀 해."

베개를 들어 뻔뻔한 입을 막으려는데, 그의 힘에 못 이긴 유리는 다시 두 팔 안에 갇혀 버렸다. 위에서 정호가 내려 보았다. 머릿속에 경보음이 울리는 듯했다. 이토록 가까운 곳에서 자신을 바라보는 이 남자가 진짜 남편인가 싶었다. 낯설 만큼 잘생기고 생소하게 매력적이다. 정호가 시시때때로 자꾸만 다른 모습을 보여 주기 때문일까. 장난스럽게 건네는 이 말조차도.

"김유리, 그래서 내가……."

"……."

"마음에 들어, 안 들어?"

심장이 쿵쿵, 떨리게 만드니까. 결국에는.

"……들어."

대답하게 된다. 장난에 넘어가 순순히 대답하는 유리를 보고, 정호는 또 꽉 껴안아 버렸다. 희한하게 자꾸만…… 정호에게 말리는 느낌이 들었다.

유리는 다시 쏟아지는 키스를 받으며 가만히 생각했다. 이거, 이거. 묘하게도 승부욕에 불타오른다. 지금 침대 위에서 이러는 게 아직 좀 어색해서 그렇지, 익숙해지기만 해 봐. 김정호, 앞으로 넌 딱 죽었어.

승패가 아무런 의미 없는 주도권 전쟁에 불을 밝히며, 소리 없이 결의를 다지는 유리의 눈빛이 반짝거렸다.

그날 밤. 베네치아에 온 후 수없이 하나가 된 두 사람에게 소중한 아기가 찾아왔다. 두 아기였다. 정호와 유리는 떠나기 전 하루 동안 무라노 섬과 베네치아 구석구석을 돌아다니며 많이 웃고 걸었다. 내내 아기들이 함께인 걸 그땐 알지 못했다.

허니문 베이비를 품고 두 사람은 그 언젠가 서로 스쳐 갔던 그 공항에서 함께 손잡고 나란히 걸었다. 정호는 투명한 빛을 띤 유리 반지를 어루만지고, 그것을 낀 그녀의 손을 보드랍게 쓸었다. 때때로 이 행복이 믿기지 않을 만큼 벅차올랐다. 이제 함께. 영원히 놓지 않을 손.

한국으로 돌아가는 비행기 안에서 유리는 정호의 어깨에 머리를 대고 편안하게 미소 지었다. 두 사람은 여전히 서로의 손을 꼭 잡은 채였다.

3. 한창 신혼

시내의 한 대형 서점.

지금 두 남자는 책장 너머로 우연히 보게 된 한 여자의 얼굴에서 시선을 떼지 못하는 중이다. 이마부터 콧등을 지나 매끄럽게 떨어지는 옆선이 참 곱고 예쁜 여자였다.

"우와……. 진짜 장난 아니다. 야야, 혹시 배우나 모델 아닐까?"

"그러게. 키도 되게 큰 것 같은데."

그녀의 턱 아래로 몸은 책장에 가려져 있었다. 긴 속눈썹이 드리워진 눈을 내리깔고 책을 보는 여자의 찬찬히 움직이는 눈빛이 참 고혹적이었다.

"말 걸어 볼까?"

"야, 무슨 서점에서……."

"진짜 내 이상형이야. 저 여자 놓치면 정말 후회할 것 같아서 그래."

남자는 소리를 낮춰 말하면서도 넋이 나간 얼굴로 그녀를 멍하니 바라보았다. 그때 그녀가 책을 내려놓더니 몸을 돌려 걸음을 옮겼다. 겨드랑이 사이에 끼고 있던 작은 클러치 백을 손에 옮겨 든 채 느릿느릿 책장 사이를 활보하는 그녀의 뒷모습이 눈에 들어왔다.

"뒤태도 여신이다."

"뭐야, 힐도 아닌데 키가 저렇게 크네. 너보다 큰 거 아니냐?"

"에이, 아니야."

"비슷할 것 같은데?"

"날씬해서 더 커 보이는 거야."

그녀를 이상형이라 말한 남자는 완전히 반한 눈치였다. 그럴 수밖에 없는 게, 여자는 그야말로 완벽한 여신과도 같았다. 마치 눈부신 후광을 비추며, 내 너희의 무지몽매함을 일깨워 주리라, 하고 손을 들어 올릴 것만 같은 카리스마가 느껴졌다. 화려한 장신구를 몸에 걸치지 않아도 존재만으로 빛을 뿜어내며, 내 친히 가까이에서 이 미모를 볼 기회를 너희에게 주겠노라, 하고 얼굴을 바짝 쳐든 것 같은 고고함도 느껴졌다. 주변의 모든 것이, 그녀 아래로 고개를 숙인 듯한 느낌이 들었다. 왜일까. 저 여자는 도대체 뭘까.

"야, 안 되겠다. 나 간다."

"뭐야, 어딜? 저 여자한테 진짜로 말 걸게?"

"당연하지. 후회하면서 살긴 싫다."

무언가에 홀린 듯 남자는 천천히 여자에게 다가갔다. 걸음을 멈춘 그녀는 이달의 신간 코너에 서서 책을 살펴보는 중이었다.

"흠, 흠."

그녀의 뒷모습을 바라보며 다가간 남자가 헛기침했다. 어떻게 말을 꺼내야 할지, 뇌 속이 텅 비어 버린 기분이 들었다. 이미 물은 엎질러졌고, 용기를 내었다. 일단 남자 친구가 있는지 그것부터 물어봐야겠다.

"저기……"

하지만 그는 그때 알았어야 했다. 엎질러 버린 그 물을, 손바닥으로 싹싹 모아서 다시 담았어야 했음을.

"네?"

그녀가 고개를 돌려 바라보았다. 아주 가까이에서 보는 그녀의 피부는 더욱 말갛게 빛이 났으며, 깊고 검은 눈동자는 검은 별과도 같았다.

"뭔데요?"

전혀 친절해 보이지 않는 그 차가운 표정과 말투가 더욱 매력적이었다. 남자는 그녀의 기에 눌리지 않으려 애를 쓰며 웃어 보였다.

"아까부터 봤는데, 그쪽이 정말 마음에 들어서요. 제가 원래 이런 사람은 아닌데…… 이대로 돌아가면 후회할 것 같아서, 실례가 되지 않는다면……."

"눈이 삐었나. 입이 미쳤나. 아니면 머리가 돌았나."

"네?"

"어느 쪽이세요?"

단번에 말을 자르고 들어온 그녀의 언사가 결코 곱지는 않았다. 분명히 눈, 입, 머리라고 말했지만, 왠지 '눈깔', '주둥이', '대가리' 같은 속된 단어가 들리는 기분이었다. 남자는 입술을 벌린 채 멍하니 그녀를 보았다.

그런 남자를 향해 그녀는 '뭐어. 어쩔 건데.'라는 듯, 턱을 살짝 들고 호전적인 자세로 바라보았다. 분명한 것은, 이런 일이 꽤 많은 듯 전혀 당황하거나 놀라지 않고 아무렇지도 않게 받아치는 그녀의 모습이 자연스럽다는 것이었다.

어안이 벙벙해진 남자를 향해 여자가 보란 듯이 몸을 돌렸다. 남자는 아까보다 훨씬 더 놀란 얼굴로 그녀를 마주 바라보았다. 몸이 경직되어 버리는 기분, 뇌 속 혈관이 빳빳하게 굳어 버리는 느낌이 들었다. 그녀의 배는 둥글게 불러 있었다. 만삭까지는 아니었지만, 늘씬한 몸에 어울리지 않게 부른 배는 누가 봐도 임신부였다.

"아……."

"이걸 제대로 못 봤으면 눈이 삔 걸 테고."

"……."

"알면서도 와서 하는 말이면 미쳤거나 돌았거나 둘 중 하나일 텐데. 어느 쪽이냐구요."

"아, 저, 저는, 눈이 삔 쪽입니다. 모, 몰랐어요. 정말……."

남자가 말을 더듬거리자, 그녀가 한쪽 입꼬리를 올려 웃으며 자신의 배를 부드럽게 쓰다듬었다.

"그러셨구나."

"네, 네, 모, 못 봤습니다. 지금 본 거예요."

자신의 무례를 용서해 달라는 듯, 남자가 고개를 심하게 끄덕거렸다. 몰랐다. 진짜 몰랐다. 책장에 몸이 가려져 얼굴만 나와 있어 몰랐고, 몸을 돌려 가는 그녀의 뒷모습을 따라 좇아왔으니 몰랐다. 뒤태는 완벽한 8등신 그 자체였단 말이다.

"제가 요즘 태교 중이니까 그냥 이쯤에서 넘어가는데."

여자의 음성은 차갑고 서늘했다.

"아…… 네……."

"제 남편은 원래 눈에 뵈는 게 없는 스타일이라, 걸리기 전에 당장 가시는 게 좋을 거예요."

"네? 아아, 네."

남자가 고개를 끄덕거리며 얼른 몸을 돌리는데, 길쭉한 생명체 하나가 그를 막아섰다. 고개를 들자 말끔하게 잘생긴 얼굴이 보였다. 엄청난 화기를 뿜어 대는 남자, 그 불꽃이 튀는 눈빛을 마주하려니 헉 소리가 절로 났다.

"정호야."

8등신 임산부가 남편을 불렀다. 아까의 싸늘하던 음성은 어디로 가고, 봄바람처럼 살랑살랑 다감한 목소리였다.

"신경 쓰지 마. 내 배를 못 봤대."

남자는 한껏 난감한 표정을 지으며 저쪽에 두고 온 자신의 친구를 보았다. 친구는 이미 모르는 사람인 듯 외면 중이었다. 도와줄 사람 하나 없는 사지에서 남자는 손을 내저었다.

"네. 네! 못 봤습니다. 진짜루요. 알고 그런 게 아니에요……."

미쳤다고 일부러 그랬겠나. 유부녀임을 몰랐고, 임신부인 것은 더더욱 몰랐다. 죄가 있다면, 그저 예쁜 것이 죄. 여신님이 예쁜 것이 가장 큰 죄일 것이다. 중죄(重罪)를 저지른 8등신 임산부는 뻔뻔하게도 남편의 팔짱을 턱 하니 끼었다. 8등신 임신부의 허리를 살며시 끌어안은 남편은 제 아내에게 다가온 남자를 말없이 쏘아보았다.

갑자기 나타난 인물이 암흑계의 형님 포스를 풍기는 험악한 인상도 아니건만, 왜 이다지도 숨이 막히고 온몸이 빳빳하게 굳는 건지 모르겠다. 아마도 앞에서 보는 사람 주눅이 들 정도로 빠짐없이 수려한 외모이기 때문이리라.

임신부인지도 모르고 따라붙었을 정도로 매력적인 그녀와, 그 곁에 선 모습이 방금 화보에서 튀어나온 것처럼 똑 떨어지게 잘생긴 남자. 극강의 비주얼이 빚어내는 위압감. 남자는 '죄송합니다.'라고 연신 사과하며 얼른 자리를 피했다.

"후아. 임신부……. 와, 나 진짜 몰랐다."

"야, 놀랐겠다."

그제야 가까이 다가온 친구가 고생했다는 듯 어깨를 두드려 주었다.

"이제 좀 가려 가면서 들이대라. 어우, 너 때문에 내가 다 쪽팔린다."

친구의 타박을 뒤로하고 남자는 다시 고개를 돌려 두 남녀를 바라보았다. 여자의 볼록 나온 배를 부드럽게 쓸어 주며 미소 짓는 남자의 자태 역시 범상치 않았다. 저 배 속에 있는 아기는 어떤 비주얼일까, 새삼 궁금해지는 순간이었다.

서점에서 나온 정호는 유리가 한 발 내디딜 때마다 마치 어쩔 줄 모르겠다는 듯이 그녀의 팔과 허리를 소중히 안으려 했다. 유리는 그런 정호의 손길이 귀찮아 슬쩍 치워 냈다.

"야, 좀 떨어져. 걷기 불편하거든."

"여보."

대뜸 근엄한 척하는 목소리로 저를 부르는 소리에 유리는 화들짝 놀라 주변을 돌아보았다.

"야, 너 그놈의 여보 소리 좀."

요 며칠, 계속 '여보'를 입에 달고 사는 정호다. 진짜 저 소리, 어색해서 못 들어 주겠다. 유리는 입을 으으으, 하고 양옆으로 찢으며 간지러워 죽겠다는 듯 팔을 문질러 댔다.

"이제 태어날 우리 아기들한테 자꾸 우리가, 야 너, 이렇게 부르는 소리 들려주면 안 되잖아. 당신도 '여보' 하고 불러 봐."

저 소리도 무한 반복이다. 그걸 누가 모르나. 안 고쳐지는 것을 어떻게 하라고.

"어우, 진짜 못하겠어. 준원이네도 그렇게까진 안 부른다."

닭살 커플이라면 오히려 그쪽이 한 수 위다. 그런 그쪽 커플도 여보, 당신 소리는 안 하고 살았다. 유리는 정호의 머릿속이 심히 궁금해졌다. 어떻게 하루아침에 저렇게 '여보', '당신' 소리가 입에서 툭툭 튀어나오는지.

"걔들은 그래도 야, 너 소리는 안 하지. 준원아, 새연아, 하고 얼마나 부드럽게 부르는데. 여보, 우리는 우리 식대로……."

"아, 시끄러워. 나 못 해. 그게 우리 식이야? 네 식이지. 눈 까뒤집기 직전까지 입 처막아 버리기 전에 그만하고 좀 닥치시지."

정호가 화들짝 놀라며, 유리의 봉긋하게 부른 배에 두 손을 가져다 대었다. 둥근 배가 얼굴이라고 치면, 양옆에 귀라도 있는 듯 두 손을 대어 막는 형국이었다.

"듣지 마. 우리 아기들. 엄마가 지금 살짝 흥분해서 그래. 원래 그렇게까지 무서운 사람은 아니야. 못 들은 걸로 해. 알겠지?"

길 한복판에서, 자신의 배에 손을 대고 진지하게 말하는 정호의 얼굴을 내려다보자 유리는 웃음이 터졌다. 사랑스러운 나의 토깽이. 그래, 까짓것.

"흠. ……여보."

다정한 태담을 하던 아빠 정호가 눈을 크게 뜨고 올려다보았다. 그러다가 천천히 허리를 펴고 유리를 마주 바라보았다.

"뭐라고 했어? 다시 말해 봐."

며칠 동안 여보, 당신 소리를 입에 달고 살며 유리에게 전파했지만 씨알도 안 먹히던 참이었다. 고고하게 '닥쳐.' 반응으로 일관하던 유리의 입에서 갑자기 터져 나온 말에, 정호는 심장이 두근거렸다. 누가 결혼하면 끝이라고 했어. 새로운 심쿵의 연속인데.

"응? 한 번만 더 해 봐. 여보라고 했지? 내가 잘못 들은 거 아니지?"

"못 들었으면 됐어."

"듣고 싶어. 한 번만 더 해 주면 안 돼? 여보, 또 해 봐. 김유리, 응?"

가만히 있으면 어련히 해 줄까. 자꾸만 한 번만 더 해 줘, 해 줘, 하니 더 부끄러워졌다. 뭔가 창피하다. 왜 내 남편은 자꾸만 나를 창피하게 할까, 유리는 고뇌에 빠졌다.

결국 지나가던 사람들이 흘깃대고 보기 시작했다. 안 그래도 함께 있으면 종종 주변 사람의 시선을 끌고는 했는데, 길가에 멈추어 선 정호와 유리는 더욱 눈길이 가는 커플이었다. 볼록한 배를 내밀고 서서 도도한 표정을 짓고 있는 여자와, 훤칠한 마스크에 장난기 어린 표정으로 그녀에게 떼를 쓰는 남자.

"됐어. 귀찮아."

유리가 정호의 손을 뿌리치고 먼저 앞으로 나아갔다.

"여보!"

늘씬한 유리의 뒷모습을 보며 정호가 입가에 손을 모아 크게 외쳤다.

"여보! 여보! 내 여보!"

따라오면 될 것을, 괜히 그 자리에 서서 힘껏 여보를 부르고 있다. 사람들이 더 많이 쳐다보기 시작했다. 얼굴이 벌게진 유리가 다시 정호에게 돌아왔다.

"야. 그므 으 느(그만 안 해)?"

어금니를 꽉 문 채 낮게 뱉는 그녀의 목소리는 사실 음산하지만 정호의 귀엔 사랑스럽게만 들렸다.

"그러니까 한 번만 더 해 보라고."

결혼하고 떼가 늘었다. 점점 애가 되어 가는 느낌이었다. 아. 배 속의 아기가 태어나면, 애를 둘을 키워야 하는 건가. 아니지, 쌍둥이니 도합 셋이로구나. 그렇게 유리의 근심이 늘어 가던 참이었다. 그녀는 포옥 한숨을 내쉰 후에 정호를 올려다보며 다시 입을 열었다.

"여보."

정호의 얼굴빛이 환하게 피어올랐다. 그 말 한마디가 저리 좋을까.

"그만 가실까요? 병원 예약 시간 늦겠어요. 병원 갔다가 새연이네 아기 돌잔치에 가려면 시간이 빠듯하네요."

유리가 여전히 어금니를 살짝 깨물었다는 걸 인지하지 못하는 듯 정호는 마냥 싱글벙글했다.

"그럴까? 여보 소리 한 번만 더 듣고."

"이러다 늦으면 아주 사지를 찢어 버릴 거니까 여보오, 당신, 어서 서둘러요."

이어지는 유리의 말에 정호가 사색이 되었다. 그녀의 화사한 미소와 서늘한 말투의 부조화, 정호는 얼른 정신을 차리고 유리의 손을 잡았다.

"그래, 여보, 늦으면 안 되니까 빨리 가자."

다시 싱긋 웃으며 앞으로 걸음을 내딛는 정호의 옆얼굴을 바라보았다. 결혼 후 애가 되어 가는 대신에 비주얼은 점점 더 폭발 중인 정호다.

거룩한 삼단 변신을 이뤄 내고 로(Law) 카페에 출몰하던 정호를 보며 학생들이 난리를 쳤던 게 벌써 작년. 지금은 그때와 비교할 수 없을 정도다. 현재 폭발하는 슈트 간지와 빛나는 얼굴, 화려한 언변과 출중한 능력, 뭐 하나 빠짐없이 그를 돋보이게 했다. 정말, 꽃이 피었다. 활짝, 만개하였다. 사랑하고, 사랑받아 더 그런 것인지도 모른다.

"유리야, 우리 여보, 이따 뭐 먹을까?"

싱긋 웃는 정호의 미소를 올려다보자, 왠지 두근거리는 유리였다. 신혼여행에 가서 호텔 안에서만 주야장천 머물렀던 결과, 결국 돌아올 때는 이미 네 식구가 된 그들이었다. 그러니 임신 중이라 해도 사실 결혼한 건 이제 일 년도 되지 않았다. 한창 신혼인 지금, 눈빛만 봐도 사실 설레는 건 유리에게 당연한지도 모른다.

"……여보 먹고 싶은 걸로. 뭐 먹고 싶어?"

옜다. '여보' 한 번 더 던져 준다. 자신이 그 말을 할 때마다 눈에 띄게 화사해지는 정호의 얼굴을 보는 것도 재미있었다. 유리는 따라 웃었다. 그래, 부부 사이에 뭐가 어려울까. 네가 좋다면, 나도 좋아. 그때 정호가 스옥 다가왔다. 유리의 귓가에 다가온 그의 입술이 꽤 뜨거워져 있었다.

"나는…… 김유리."

쿵, 심장이 내려앉는다. 아니, 먹고 싶은 음식을 물었는데 왜 대답이 나야.

"이따 돌잔치에 얼굴 도장만 찍고 우리, 체크인할까."

준원과 새연의 큰아들 진우의 돌잔치는 그들이 결혼식을 올렸던 S호텔에서 할 예정이었다. 유리와 정호가 커플 행사 때 상품을 휩쓸었던 바로 그 호텔. 그때도 그는 시종일관 농담처럼 우리, 체크인할까, 말하곤 했다.

유리는 난감한 표정으로 정호를 올려다보았다. 정호는 여유 있는 얼굴로 미소를 머금고 서 있었다. 이제 이건 농담이 아니다. 이럴 땐 초딩도, 애도 아니고 말이다. 그저 섹시한 한 남자일 뿐. 미치게 안고 싶고, 안기고 싶은 내 남편.

"무, 무슨 소리야. 체크인을 왜 해. 거기까지 가서."

하지만 부른 배를 손으로 쓸어 보며 유리가 당황한 빛을 띤 목소리로 말했다.

"거기까지 갔으니까 체크인을 해야지. 오늘은 토요일이고, 날도 좋고, ……김유리가 예쁘기도 하고. 내가 어떻게 참을 수가 있겠어."

"어휴, 맨날 못 참는데."

"살살 할게. 말기 되기 전에, 그 전에 부지런히 해야지."

배를 만지는 유리의 손 위에 정호가 자신의 따뜻한 손을 얹었다. 유리가 잠시 생각에 잠겼다가 이내 입을 열었다.

"격렬하게 하면 죽여 버릴 거야."

"걱정하지 마."

"음…… 저번에 너."

"그렇게 안 한다니까."

다시 고민에 빠진 듯한 유리에게 정호가 악마의 속삭임을 건넸다.

"그거 알지. 중기까지는 에스트로겐의 생성이 증가하는 거. 난소에서 비임신 여성이 3년 동안 생성하는 에스트로겐을, 임신 중기의 여성은 단 하루 동안 생성한대. 초기에 입덧 때문에 느끼지 못했던 성욕이 에스트로겐의 증가로 인해 나타날 수 있거든. 중기에 들면서 더더욱."

"헐."

"그러니까 김유리는 지금, 내가 풀어 줘야 하는 시기인 거야. 할 수 없다, 부지런히 해야지. 내가 이렇게 널 위하는 마음이 갸륵하다니까. 너 진짜 남편 잘 만난 거다."

임신과 출산 책을 통째로 외워 버린 듯, 정호는 툭하면 책 속의 얘기를 줄줄 읊어 댔다. 아무래도 태어날 아기들은 울기 전부터 중얼중얼 뭔가 책 내용을 외우면서 나올 것 같다.

"몰라. 이따 상황 봐서."

지난번에 정호의 몸짓이 격렬해지려던 것에 기겁하여 슬슬 피하고 있던 참이었다.

그런데 정호가 읊어 댄 설명이 맞는 말인 모양이다. 요즘 들어 스스로 이상하다고 느낄 정도로 그를 안고 싶은 마음이 나날이 커지던 참이었다. 이게 임신 중의 호르몬 때문인지, 자꾸 멋있어지는 정호 때문인지는 모르겠다.

어쨌든 그 이후 정호가 더더욱 임신 중의 부부 관계에 대한 공부에 열을 올렸으니 적당한 자세와 방법에 대해 마스터했겠지 싶었다. 믿고 한번 오늘 가 보지, 뭐.

"상황 봐서 괜찮으면 뭐, ……하든가, 체크인."

유리의 오케이에 정호는 행복한 표정을 지었다. 그게 그렇게 좋을까, 하면서도 유리는 함께 웃었다. 좋다고 하니까, 좋다. 네가 좋으니까, 나도 참, 좋다.

유리가 그를 기다리던 대형 서점에서 산부인과까지는 겨우 한 블록. 그 사이를 손잡고 걸어가는 두 사람의 느릿느릿한 걸음은 평화롭기만 했다.

준원과 새연의 장남 이진우의 돌잔치가 열리는 S호텔 그레이스볼룸.

사랑스러운 디자인의 오렌지색 탑드레스를 입은 새연과 그 옆에 매끈한 블랙 슈트를 차려입은 준원이 손님들을 맞이하고 있었다.

둘째 아이 퐁퐁이를 임신 중인 새연은 이제 출산을 3개월 정도 앞두고 있어 배가 부른 상태였다. 둘째도 아들이라 했다. 연년생으로 낳게 될 아기에 대한 걱정은 잠시 접어 두고, 오늘은 진우의 첫 생일잔치에 집중하고 있었다.

"축하해!"

유리가 밝은 얼굴로 새연과 준원에게 인사를 건넸다.

"진우, 우리 진우 어디 있어?"

정호는 바로 주인공인 아기부터 찾았다. 준원이 가리키는 쪽을 보니 새연의 동료 교사들에게 둘러싸인 아기 진우가 있었다. 아기 진우는 검은 턱시도를 입고 이제 막 뗀 걸음마를 선보이며 아장아장 걷고 있었다. 딱히 방글방글 웃는 편도 아닌데도 귀티가 자르르 흐르는 아기의 얼굴에 다들 반한 듯 어쩔 줄 몰라 했다.

꺄아악, 너무 이뻐! 어느 하이톤의 목소리에 놀란 진우가 돌아보다가

쿵, 엉덩방아를 찧었다.

"어헉! 우리 진우!"

넘어지는 아기를 보자마자 정호가 쏜살같이 달려갔다. 주변에서 말아 쥔 주먹을 바르르 떨며 귀여움에 몸서리치고 있던 손님들보다도 정호가 훨씬 더 빨랐다. 정호는 아기 진우를 얼른 들어 올렸다. 놀라서 울음이 터지려 했던 진우도 낯익은 삼촌을 보고는 방긋 웃었다.

"우리 진우! 삼촌 알아보는구나!"

"꺄악! 아기 웃는 것 좀 봐!"

"와, 너무 이뻐!"

그렇게 진우를 둥개둥개 안고 행복해하는 정호를 보며, 입구 쪽에 있던 유리와 새연, 준원은 웃고 말았다. 첫 조카 사랑은 무엇과도 바꿀 수 없었다. 오총사 중 제일 처음 결혼한 준원과 새연이 제일 처음 낳은 아기였기에 정호는 진우를 무척이나 각별하게 예뻐하였다.

"아니, 쟤는 저러다 우리 애들보다 진우를 더 예뻐하는 거 아니야?"

새연과 나란히 선 유리가 멀리 있는 정호를 바라보며 말했다.

"야, 설마. 나중에 우리 사돈 맺자고 할 때, 자기 딸 주기 싫다고 우리 진우 구박이나 안 했으면 좋겠다!"

"구박을 왜 해."

"저렇게 애를 좋아하는데, 본인 딸 사랑은 오죽하겠어. 아까워서 어디 우리 진우한테 곱게 내주겠니."

"하긴, 쟤는 그러고도 남겠다."

새연의 걱정에 옆에 있던 준원이 조용히 수긍했다.

"참, 아기들 잘 큰대?"

새연이 웃으며 유리의 배 위에 손을 얹었다. 그러고 보니 친구 사이에 비슷한 시기에 연달아 임신하여 작년에는 튼튼이 진우가, 올해 말에는 퐁

퐁이가, 그리고 내년 초에는 쌍둥이들이 태어나게 되었다. 이 아이들이 어울려 노는 것을 생각만 해도 벌써 행복한 기분이 들었다.

"응, 아주 건강하대. 나는 야, 입덧도 없고, 임신이 체질인가 봐."

유리가 밝게 웃었다. 얼마 전에 듣게 된 아기들의 성별은 딸이었다. 두 딸의 출생을 기다리는 시간이 무척 행복한 요즘이었다. 일찍 도착한 덕분에 여유롭게 대화할 수 있었지만 곧 손님들이 몰려들기 시작했다. 유리는 준원과 새연을 놓아주고 빈 테이블로 향했다. 정호도 준원의 부모님께 아기를 내어 주고 유리에게로 왔다.

"진짜 너무너무 예쁘다. 아까 웃는 거 봤어? 손도 꼬물꼬물."

정호는 아기 진우를 자신의 품에 안았던 여운을 쉽게 지우지 못했다. 유리는 그저 흐뭇한 얼굴로 제 남편을 바라보았다. 어서 건강하게 아기들을 낳아서 정호에게 안겨 주고 싶었다. 친구의 아이도 저렇게 좋아하는데, 본인의 아기들을 보면 얼마나 감격할까.

"너희 결혼했다더니 벌써 임신했구나?"

"와, 축하해."

고등학교 동창들이 몰려왔다. 새연과 같은 반이었지만 딱히 친하게 지내는 사이는 아니었다. 한국이 주목하는 유명 셰프인 준원이 남편인 덕에 주변에 꼬이는 파리 떼 같은 것이었다. 그런 이유로 유리나 정호도 결혼식이라든가 이런 돌잔치나 와서야 얼굴 보고 인사하는 사이 정도로 지냈다. 원형 테이블에 둘러앉아 돌잡이 행사를 기다리며 인사를 나누고 근황을 물었다.

"그럼 아기는 언제 출산이야?"

"내년 초."

"유리 넌 어떻게 임신했는데도 그대로니, 뒤에서 봤을 땐 몰랐잖아."

"김유리야 원래 타고났지, 뭐."

"그러게. 진짜 몸매 하나 잘 타고나서 좋겠다, 너는. 공부 잘하는 머리에 몸매까지. 세상 너무 불공평한 거 아니니?"

정호는 남몰래 한숨을 내쉬었다. 안 봐서 그렇지, 옆에서 지켜보면 그렇게 편한 소리는 안 나올 텐데 말이다.

"나 관리 열심히 해. 세상에 공짜가 어딨겠어."

유리가 덧붙인 말에 아랑곳하지 않고 입을 삐죽거리던 한 여자가 말했다.

"배부른 소리 한다. 그것도 다 바탕이 있어야 하는 건데."

겉으로 듣기에는 칭찬 같았지만, 묘하게 마음 상하는 말이 이어졌다.

"우리 부모님은 뭐 하셨나 몰라, 저런 얼굴이랑 머리 안 물려주시고! 나도 예쁘게 태어나서 어릴 때 미스코리아나 했으면 얼마나 좋아."

미스코리아'나' 했으면? 그게 어디 쉬운 일이라고 함부로 말하고 있을까.

"미코 이력이 변호사 일에까지 저렇게 도움 될 줄 알았겠어? 평범하게 태어난 우리 같은 사람들한테는 불리한 세상이야. 실력보단 외모를 더 쳐주니까."

정호의 눈빛이 서늘해졌다. 정호는 뭐든 타고난 쪽이라 사실 몰랐다. 그 '노력'이라는 것이 얼마나 대단하고 신성한지를. 그런데 유리를 만나고야 알았다. 재능도, 실력도, 노력도, 무엇이든 함부로 말해서는 안 되는 것이었다.

동창은 유유히 웃으면서 말하지만 딱 봐도 열등감에 사로잡혀 남을 깎아내리지 못해 안달인 족속이었다. 그렇게라도 말하면 비틀린 속이 좀 나아지는 걸까. 정작 본인은 얼굴에 얼마나 손을 많이 댔는지 고등학교 때 모습이 완전히 사라져 누군지도 몰라봤다. 헤어 역시 제 딴에 꽤 신경을 쓴 모양이지만 정호의 눈엔 그저 쑥대머리였다.

"아무튼 유리야, 부러워서 하는 말이야. 친구끼리 편하게 하는 소리에 기분 나쁜 거 아니지? 설마, 성격까지 좋은 김유리가 이 정도로 화를 내진 않겠지."

쑥대머리는 웃으며 가볍게 던지는 말이니 뭐라 대꾸할 수도 없었다. 자칫 이쪽만 예민해서 날뛰는 상황이 되어 우스워질 것이다. 재능이 없으면 노력이라도 하든가. 그 노력조차 하지도 않으면서 남의 노력까지 폄훼하기 바쁜 사람들로 인해 정호의 기분은 완전히 상해 버렸다.

화가 끓어올라 그가 무슨 말이라도 하려던 찰나, 테이블 아래에서 유리가 가만히 손을 잡았다. 고개를 돌리자 그녀가 코를 찡긋, 장난스러운 웃음을 건넸다. 정호가 화를 내고 있다는 걸 아는 눈치였다. 그 귀여운 미소에 정호의 마음이 들썩였다. 아니, 얘는 왜 또 웃고 그래. 사람 떨리게.

그녀의 눈빛에 담긴 마음은 하나였다.

무슨 생각하는지 아는데 그냥 참아. 괜히 열 낼 필요 없어. 자신이 성공하지 못하는 이유를 외부에서 찾으려 하다 보니 저러는 거지. 자신이 문제가 아니라 세상이 문제라고. 재능도 노력도, 자신이 갖지 않은 게 아니라 세상이 주지 않은 거라고. 그러니 그렇게 모든 것을 조롱하는 낙으로 살아가는 거지.

그런 불쌍한 사람들과 아까운 감정을 나눌 필요는 없어. 저들은 그냥 그렇게 살아가라고 해. 우리는 우리대로 잘 살면 되니까. 자신을 갉아먹는 방법인지도 모르면서 그게 비루한 삶의 유일한 위안이라면, 그냥 그렇게 살라고 둬. 너무 안됐잖아.

유리의 그 마음을 읽으며 정호는 숨을 들이켰다.

그래, 맞아. 네 말이 맞아. 이미 병들어 가고 있는 사람에게 판을 엎어 버릴 정도의 성의는 좀 아깝네. 저 쑥대머리, 스스로 망할 종자가 분명하니까.

그때였다. 한 남자가 정호와 유리를 보고 테이블로 왔다.

"너희 벌써 왔구나."

"어, 형 늦는다더니 일찍 왔네. 여기 앉아."

서원이었다. 정호가 일어서서 그를 맞이했다. 서원은 정호의 옆자리로 오면서 유리와도 반갑게 인사했다.

"유리 씨 얼굴색이 좋네요. 병원은 잘 다녀왔어요?"

"네, 방금 정호랑 들렀다가 오는 길이에요. 아기들 다 잘 자라고 있고, 상태도 좋대요."

"다행이에요. 더 잘 클 거예요. 살찐다고 걱정하지 말고 당기는 건 좀 먹어요. 좀 더 쪄도 될 것 같은데."

"에이, 그럼요. 저도 먹고 싶은 건 다 먹어요."

테이블에 앉은 동창들은 궁금한 얼굴로 서원을 바라보았다. 일단 얼굴에 홀리고, 또 자상한 태도에 끌리는 눈치들이었다.

"여긴, 우리 카페 위층 소아과 선생님이셔. 새연이하고도 다 같이 친하고."

유리가 테이블의 동창들에게 서원을 소개했다. 새연은 아기를 낳은 후로(Law) 카페 위에 있는 서원의 병원에 자주 들르고 있었다. 일전에 약속한 대로 서원은 정말 성심껏 진우의 예방 접종이나 감기 등을 살펴봐 주었고, 그렇게 계속 친하게 지내고 있었다.

서원은 특유의 서글서글한 눈매로 테이블에 앉은 사람들을 보며 인사를 건넸다. 여자들은 미혼, 기혼을 가릴 것 없이 서원을 보고 눈을 반짝거렸다. 안 그래도 인상 자체가 호감이었는데, 의사라고? 특히 아까 정호의 신경을 건드렸던 쑥대머리의 눈빛이 제일 남달랐다.

"난 아기랑 인사 좀 하고 올게."

서원이 아기 진우를 보러 간다며 일어섰다. 그러고는 지인들과 인사를 나누고 있는 새연과 준원 쪽으로 향했다. 한쪽 품에 진우를 안고 서 있는 준원의 자태가 꽤 근사했다. 서원의 뒷모습을 보던 쑥대머리가 말했다.

"저분 결혼하셨어? 손에 반지는 없던데."

쑥대머리의 기대감 어린 얼굴을 보며 정호는 제 안의 악마를 깨웠다.

유리는 대인배일지 몰라도 나는 아니다. 난 참지 않을 것이다. 정호는 쑥대머리의 물음에 유유히 웃으며 답해 주었다.

"서원 형, 아직 미혼이야. 여자 친구도 없고."

"어, 정말?"

표정이 환해지는 쑥대머리를 보면서 정호가 되물었다.

"왜, 저 형 마음에 들어?"

"아니 뭐, 한 번 봤는데 마음에 드는지 아닌지 어떻게 알겠어. 흠."

"아쉽네. 서원 형 요즘 외로운 것 같아서 소개팅해 주려고 하는데."

여유로운 미소를 지으며 하는 정호의 말에 쑥대머리의 눈이 벌어졌다. 일생일대의 찬스라고 생각한 걸까.

"그래? 소개팅?"

"왜? 너 해 볼래?"

"훈남이긴 한데. 어떤 스타일 좋아하시는데? 나 같은 스타일 좋아하시는구나?"

뭐, 봐서 한번 해 주겠다는 듯 선심 쓰는 목소리였다. 욕심이 나서 어쩔 줄 모르는 속내는 채 감추지 못하고서. 정호는 이내 쑥대머리를 가만히 바라보더니 말했다.

"어, 그런데 너는 안 되겠다."

"뭐?"

"내가 깜빡했네. 형은 복코를 좋아하더라고. 넌 수술해서 그런지 코끝이 뾰족하잖아. 괜찮은 거야? 소개팅보단 재수술 먼저 받아야 하는 거 아니냐?"

쑥대머리는 어색한 미소를 지으며 말했다.

"얘는 무슨 농담을 그렇게 해. 내, 내가 무슨 성형을 했다고. 내 코 원래 오뚝했어."

"아, 그래? 미안. 내 기억에 고등학교 땐 분명히 들창코였는데 지금 하도 뾰족해서 고친 줄 알았다. 그러고 보니까 그 코가 훨씬 자연스럽고 귀여웠는데, 왜 그렇게 된 거야?"

쑥대머리는 2연타를 맞아 점점 핏기를 잃어 갔다. 붉었던 얼굴이 새하얗게 질려 가고 있었다. 모두의 앞에서 정호가 너무도 천진한 얼굴로 웃으면서 말하고 있으니 뭐라 대꾸해야 할지 모를 지경이었다. 쑥대머리는 제 코를 붙들고 당황한 투로 말했다.

"드, 들창코라니 무슨 소리야."

"왜? 야, 너 그게 얼마나 귀여웠는데. 어쩌다가 타고난 매력을 다 잃고, 내가 다 아깝잖아."

다들 맞아, 그랬지, 귀여웠어, 하면서 맞장구를 쳤다. 그렇게 쑥대머리에게 불리한 대화가 이어졌다. 웃으면서 고등학교 시절의 이야기를 하고 있으니 혼자 파르르 떨 수도 없었다. 당하는 입장이 된 쑥대머리의 속만 부글부글 끓을 뿐이었다.

"이왕 재수술하려면 저 의사 선생님 좋아한다는 복코 스타일로 고쳐 달라고 해. 그리고 소개팅하자고 하면 되겠다. 너 옛날에도 의대생만 골라서 소개팅했었잖아. 의사 와이프 되면 좋겠다면서."

평소 쑥대머리에게 당한 게 많은 또 다른 동창이 재밌다는 듯 뼈 있는 말을 보탰다.

"야! 너 무슨 말을 그따위로 해?"

참고 있던 쑥대머리가 갑자기 버럭 소리를 높였다. 정작 정호에겐 별다른 말을 하지 못했으면서, 옆에서 한마디 보탠 동창이 미운 모양이었다.

"어머, 왜 정색하고 그래. 분위기 이상해지게."

"그래, 뭘 심각하게 생각해."

쑥대머리의 눈시울이 붉어졌다. 분해서 어쩔 줄 모르는 모습이었다. 이

모습을 지켜보고 있던 정호는 쑥대머리가 했던 말을 그대로 돌려주었다.

"친구끼리 하는 소리에 기분 나쁜 거 아니지? 성격 좋으니 그럴 리가 없겠지만."

이에 대놓고 씩씩거리던 쑥대머리가 가방을 홱 채더니 모두를 쏘아보고는 나가 버렸다.

"어휴, 쟤 또 저래. 자기 마음에 안 들 때마다."

"우리가 틀린 말 한 것도 없구만."

"자긴 내키는 말 다 하고 살면서 싫은 소리는 한마디도 안 듣지."

친구들도 쑥대머리에게 쌓인 게 많았는지 투덜거리는 소리가 계속 흘러나왔다.

"내가 실수했나 보다. 괜한 소리를 시작해서."

정호가 걱정하는 듯 말하자 오히려 그들이 고개를 절레절레 저었다.

"아니야, 네가 뭘 했다고. 쟤가 원래 좀 예민해. 평소에도 저러다가 마니까 너무 신경 쓰지 마."

쑥대머리가 가고 난 후 자리는 평화를 되찾았다.

"어, 저기 봐."

그때, 유리가 서원과 새연, 준원 쪽을 가리켰다. 서원은 새연의 옆에 있는 여자와 인사를 나누고 있었다. 단아하고 선한 인상의 여자였다. 유리와 정호가 서로 툭툭 쳤다. 어, 저 여자 혹시…….

"서원 쌤, 인사하세요. 이쪽은 주혜빈 선생님. 제가 지난번에 말씀드린 우리 학교 선생님이요."

"아, 네, 안녕하세요."

서원의 표정이 환해졌다. 주혜빈은 화려하거나 눈에 띄는 미인상은 아니었지만 고아한 분위기가 물씬 풍기는 여자였다. 서원과 함께 선 모습이 그림처럼 잘 어울렸다.

두 사람의 안면을 트게 해 준 새연은 또 바쁘게 손님을 맞이하러 총총 사라졌다. 자기 아들의 돌잔치를 하는 와중에 소개까지 챙기고, 하여튼 사람을 좋아하는 한새연의 모습은 시간이 흘러도 변함이 없었다.

서원과 혜빈은 가까운 자리에 앉아 조용히 이야기를 나누기 시작했다. 이내 웃기도 하면서. 대화가 끊이지 않는 것을 보니 제법 잘 통하는 모양이었다.

"잘 어울려, 그치?"

유리가 소리를 낮추어 정호에게 말을 건넸다. 정호도 고개를 끄덕이며 웃었다. 아무래도 서원의 이번 겨울은 춥지 않을 모양이다.

이내 돌잡이 행사가 시작되며 사회자가 중앙으로 이목을 집중시켰다. 유리와 정호도 앞으로 나간 준원, 새연 부부를 바라보았다.

"우리도 아기를 낳고, 또 아기가 저만큼 크고, 그리고 더 커서 어른이 되고, 그렇게 계속 살아가겠지?"

진행되는 행사를 보면서 유리가 나지막이 물었다. 정호가 그녀의 손을 잡으며 대답했다.

"살아가고, 또 살아가고. 계속 사랑하면서 그렇게 살아가는 거지."

유리가 고개를 돌려 남편 정호를 바라보았다.

"나는 결혼이 정말 하기 싫었어. 누군가와 내 삶을 공유하는 게 부담스럽고 귀찮게 느껴져서. 그런데⋯⋯."

"⋯⋯."

"너니까 좋아. 너하고는⋯⋯ 좋다."

그보다 더 완벽한 이유는 없었다. 존재 자체가 이유가 된다는데, 더 완벽한 기쁨도 없었다.

"나이가 든다는 것도, 새로운 날들이 계속 다가온다는 것도, 전혀 부담스럽지 않고 두렵지도 않고. 그냥 기대만 돼. 아, 또 얼마나 좋을까, 하고."

유리의 말을 듣고 있으니 정호의 가슴도 왠지 뭉클해졌다. 전혀 닿을 수 없을 거라고만 생각했던 유리와 자신이 지금 이렇게 같이 있다는 것부터 사실 믿기지 않았다.

"준원이, 새연이 보니까 더 그래. 쟤네는 우리보다 훨씬 오래전에 만났잖아. 태어날 때부터 어린 시절 다 함께 보내고 이만큼 자라서 또 계속 새롭게 사랑하고 있는 거 보니까, ……참 멋있다. 함께 나이 든다는 거, 멋진 일인 것 같아."

무슨 말을 해야 좋을까. 유리의 그 말에 정호는 먹먹해져 아무 말도 할 수 없었다. 그저 손을 꼭 잡는 것 외에는.

"우리가 나이 들고, 할아버지, 할머니가 될 때까지 계속 열심히 잘 지내보자. 브로."

형제여. 유리가 장난스럽게 주먹을 쥐고 정호의 손 위로 콩 부딪혔다. 부부지만 여전히 친구 같고, 애인이면서 형제 같은 사이. 그렇게 함께 지낼 날들이 기대되었다. 정호는 엷은 미소를 띤 얼굴로 이내 입을 열었다.

"기대해라. 나는 나이 들수록 점점 더 멋있어질 스타일이니까."

감동을 누르며 겨우 꺼낸 한 마디는 그렇게 또 헛소리였고.

"……철부터 들어라."

"어우 야, 안 돼. 철들면 그땐 가는 거랬다."

소리 낮추어 킥킥대고 떠들던 유리와 정호는 아기 진우가 돌잡이 용품에 손을 뻗고 있다는 사회자 멘트를 듣고 얼른 목을 길게 뺐다.

"어! 어……!"

진우가 집은 것은.

"주걱?"

주걱이었다. 전통 돌잡이 용품뿐 아니라 판사봉, 골프공, 마우스, 마이크 등 많은 물건을 올려놓았는데 하필 그중에서 모양도 없고 투박한 나무

주걱을 힘껏 잡아 올린 것이었다. 아빠 닮아 요리사가 되려나 보다 하고 다들 기쁜 웃음을 터트렸다.

그도 그럴 것이, 준원이 어디 보통 요리사인가. 웬만한 연예인보다 기업 가치에 더 큰 영향력을 끼치는 특급 스타 셰프인 것을. 안 그래도 준원의 외모를 빼다 박아 벌써 잘생긴 얼굴로 여심을 홀리는 아기인데, 요리까지 잘하면 어쩌려는 건지. 훗날 진우의 모습이 확실히 기대되긴 하였다.

유리, 정호 부부는 아기 진우와의 인연이 어떻게 될지 이때는 알지 못했다.

한 치 앞도 모르는 인생이기에 더욱 즐거운 삶. 손에 주걱을 꼭 쥔 아기를 둘러싸고 사진을 찍는 사람들의 기분 좋은 웃음소리가 퍼져 나갔다.

4. 있는 그대로, 아름다운 별

<못 견디게 사랑하는 그의 손을 꼭 잡고,
결혼(結婚)의 그 거대한 문을 호기롭게 열었는데,
막상 들어와 보니,
마냥……
꽃잎 날리는 천국만은 아니었더라.>

"애들 겨우 다 잔다."

-방심은 금물. 금방 또 일어날 거 아냐.

수화기 저편에서 들려오는 새연의 목소리에는 잔뜩 웃음기가 묻은 것만 같다. 지옥에 오신 것을 환영합니다, 하고 말하는 듯. 유리는 곤히 잠든 쌍둥이 자매 단과 진의 얼굴을 내려다보며 한숨을 내쉬었다.

"……나 꼭 어디 참전한 것 같다."

-참전은 참전이지. 달리 육아 전쟁이냐. 정신 똑바로 차려야 된다, 너.

"어후우우. 뭐가 이렇게 빡세."

-이러고 전화로 수다 떨 게 아니라 너도 눈 좀 붙여. 밤에 한숨도 못 잤다면서.

그래도 걱정해 주는 건 육아 선배인 새연뿐이다. 그러니 막간을 이용해 잠보다도 그녀와의 수다를 택한 것이다. 떠들고 나면 좀 후련해질 테니까.

"아니야, 통화 좀 하자. 내가 너랑 이만큼이라도 떠들지 않으면 또 어떻게 버티겠어. 그나마 지금 숨 좀 쉬겠다."

한숨 돌리기 위해 침대에 벌렁 누운 유리는 그 와중에도 눈앞에 있는 쌍둥이에게서 시선을 떼지 않았다. 각각의 아기 침대 범퍼 너머로 보이는 단과 진의 얼굴은 정말 천사 같았다.

아기를 보느라 머리가 핑글핑글 돌고 기력이 다 빠져도, 이렇게 잠든 아기들만 보면 괜히 가슴이 뭉클하고 힘들어했던 것마저 미안한 마음이 들곤 하였다. 남편인 정호도 출근해 있는 시간을 제외하면 모든 시간을 다 쌍둥이 육아에 쏟고 있고, 친정엄마와 시어머니가 번갈아 자주 집에 들러 주니 이만하면 버틸 만도 했다.

그래도 그렇지, 막상 닥친 현실까지 그리 만만한 건 아니었다. 이 정도면 아기들의 기질이 제법 순한 편이라고는 하나, 대부분의 시간 동안 유리 혼자서 두 아기를 한꺼번에 봐야 했기에 여간 힘든 일이 아니었다.

돌이켜 보면 임신 기간만큼 편할 때가 없었다. 초보 엄마인 유리에게 쌍둥이란, 원 플러스 원의 고통을 안겨 줄 뿐이었다. 쌍둥이를 낳던 날로부터 시작된 괴로움은 끝을 모르고 이어졌다.

둘이 한꺼번에 울기 시작할 때 더 심하게 우는 아기를 안고 두드려 주면, 또 다른 아기가 기어 와 발목을 붙들고 울었다. 그때만 해도 머리를 받쳐 안아야 하는 아기를 서툰 움직임으로 동시에 안아 올릴 수 없었으니, 너도 울고 나도 울고 우리 모두 우는 그런 하루가 매일매일 이어져 왔다.

둘 다 품에 안고 어르기 힘들 때면 이 아기들이 얼른 제 발로 걷기라도 했으면 좋겠다고 생각했지만 웬걸. 걸음마를 시작하고 났을 때야말로 진정한 헬 게이트가 열린 것이다. 돌아서면 집은 난장판이 되어 버리고, 온갖 서랍은 다 열어 물건들을 다 꺼내 버리고, 그러고는 뭘 잘했다고 서로 좋다며 웃고, 그렇게 까르르 웃어 대다가도 갑자기 머리채 쥐고 싸우니.

첫돌이 지난 쌍둥이는 늘어난 애교만큼 사고 치는 횟수도 점점 늘어 가고 있었다. 난장판의 스케일이 커지는 건 당연지사고. 낮잠도 안 자고 계속 집 안을 돌아다니려는 것을 간신히 잡아다가 재워 놓은 참이었다. 아기들이 잠들자마자 유리는 재빨리 샤워부터 하고 왔다. 작년까지만 해도 누가 대신 아기들을 봐주지 않는 한은 제때 씻는 건 꿈도 못 꿨는데, 이젠 그나마 요령이 생겨 틈틈이 샤워도 하고 이유식도 만들 수 있었다.

-그래서 일은 언제부터 다시 할 건데?

"내년엔 시작해야지. 사실은 좀 힘들어도 둥이들 내년 정도까진 더 키우고 싶었는데, 자리를 너무 오래 비워서 좀 그렇다."

로(Law) 카페에서의 상담은 현재 유리의 학교 후배인 여자 변호사 두 명이 대신 맡아서 하고 있었다. 그녀들은 좋은 성적으로 연수원을 수료한 후, 잘나가는 로펌의 스카우트 제의도 거절하고 제 발로 찾아왔었다.

평소에도 유리를 우상처럼 생각하여 따르던 그녀들은 이제 이곳에서 일하고 싶다 했고, 유리는 거절할 이유가 없었다. 변호사를 새로 고용하는 것이 아니었다. 뜻이 맞는 이들과 '함께'하는 것일 뿐. 마침 정호가 태한그룹 법무팀에서 근무하고 있어 카페에 혼자 남아 있던 유리에게는 이들과의 동행이 반갑기만 하였다.

숨 쉴 틈도 없이 정호에게 안기기만 했던 신혼여행 이후, 허니문 베이비로 쌍둥이를 가진 것을 알게 되었을 때도 그녀들이 있어 안심이었다. 유리는 덕분에 출산과 육아에 전념할 수 있었고, 내년이 되면 다시 로(Law) 카페로 돌아가기로 하였다. 계획으로는 다른 지역에 추가로 카페를 오픈하여 후배 변호사들이 그쪽에서 일할 수 있도록 할 참이었다.

'동네에 '아는 변호사'가 하는 만만한 카페. 그냥 두부 사러 가다가 들러서 수다 떨듯 툭툭 궁금한 것 물어볼 수 있는 곳. 내가 꿈꾸는 모습이야.'

'그건 좋다. 나도 네가 내 '아는 변호사'라 진짜 좋거든. 그러고 보니 이 동네 사람들은, 정말 좋겠네.'

'무모해 보일지는 몰라도. 내가 잘 해내면 나처럼 시도하는 사람들이 또 생기지 않을까 싶어. 언젠가는 이런 로(Law) 카페가 맥도날드만큼 많아질 수도 있는 거 아니겠어?'

로(Law) 카페를 처음 개업할 때 새연과 했던 대화를 떠올리면, 유리 그녀가 원하던 모습에 한 발짝 더 다가섰다는 것을 실감할 수 있었다. 쌍둥이를 돌보면서도 유리는 머릿속으로 계속해서 앞날을 그려 가고 있었다.

아기를 낳아 보니 더욱 잘 알겠다. 자신이 하려는 일들이 얼마나 중요한 것인지. 우리의 아이들이 살아갈 세상이 조금은 따뜻한 곳이기를 바랐다. 이에 아주 작은 보탬이라도 될 수 있다면, 그것만으로도 충분히 커다란 의미가 있는 것이다.

"진우랑 성우는 요즘 어때? 어린이집 보낼 만해?"

유리는 새연의 아들들 육아 상황에 대해 물었다. 첫째인 진우와 둘째인 성우는 연년생이고, 유리네 쌍둥이들까지 모두 한 살 터울이었다. 양쪽 집 아이들이 해마다 태어난 셈이다.

쌍둥이 육아에 버금가는 연년생 육아에 시달리던 새연도 올해부터는 복직하게 되었다. 그래서 어린이집에 아이들의 보육을 맡기고 워킹 맘으로 사실상 또 다른 헬 게이트에 들어선 참이었다.

-성우가 아침마다 운다. 떼어 놓고 출근하는데 발이 안 떨어져. 내가 무슨 부귀영화를 누리겠다고 이러나 싶어서, 그냥 그만둘까 수백 번도 더 생각하고.

"그렇지."

남편이 돈을 쓸어 담는 국내 최고의 스타 셰프면 뭐하나. 준원은 하루가 멀다 하고 방송에 나와 배우 못지않은 자태로 요리를 하고, 그의 레스토랑은 연일 문전성시를 이루건만 새연 본인의 삶은 그리 특별하지 않았다. 그저 한 남자의 아내, 두 아들의 엄마, 초등학교 교사로 살아갈 뿐, 드러내고 과시하는 삶을 바라지 않았다. 그녀가 그걸 원했다.

외국에 계시는 시부모님, 지방에 계시는 친정 부모님이 도움을 주지 못하시니 새연은 '나 홀로 육아'를 꿋꿋하게 해내었다. 유리는 요즘 들어 새연은 어떻게 이걸 다 해냈을까 하며 그녀의 위대함을 몸으로 느끼는 중이었다. 결혼이든 육아든, 선배는 선배였다.

-그런데 아침에 그렇게 울어 대던 녀석이, 오후에 데리러 가 보면 아주 세상없이 좋다고 놀고 있어요, 또.

"성우는 그럴 것 같다. 진우는?"

-진우야 뭐, 울먹울먹하면서도 선생님한테 안겨서 꾹 참지. 학교 잘 다녀오라며 배꼽 인사에 뽀뽀까지 해 주고. 아, 근데 진우 정말, 준원이 어릴 때 얼굴이랑 점점 똑같아져. 어쩜 그렇게 준원이를 꼭 닮았나 몰라.

"그래서 씨도둑질은 못 한다잖아. 성우도 얼굴은 준원이 닮았어도 어우, 클수록 성격은 딱 너더라. 좀 까칠해서 그렇지."

-그러게 말이야.

아이들 이야기를 하고 유리는 힘들었던 일들까지 전부 쏟아 냈다. 들어 줄 사람이 있다는 것만으로도 속이 후련해지는 기분이었다.

-아, 정호 요즘 엄청 바쁘다면서? 야, 걔가 그렇게 일 열심히 할 줄 몰랐다, 정말. 엊그제도 TV에 나오더라?

태한그룹은 주식 투자로 얻은 이익에 대한 양도세를 반드시 낼 것이라는 짧은 인터뷰를 했을 것이다. 상장 주식 거래에는 양도세가 없지만 지분 3%가 넘는 주주는 양도 차익에 대해 세금을 내야 했다. 어물쩍 넘어가 양도세를 내지 않고 비자금을 조성할 수도 있는 걸, 그럴 틈조차 주지 않는다. 누가 묻지도 않았는데 정호가 나서서 먼저 꼭, 반드시, 기필코, 낼 것이라고 인터뷰를 해 버리니, 안 내려야 안 낼 수 없었다.

일부러 나서서 그런 식의 상황을 만드는 것이 한두 번이 아니었다. 정호는 나름의 방식으로 정의를 지켜 가고 있었다. 외조모의 제안으로 태한그룹 법무팀에 입사한 지 햇수로 3년. 이제는 제발 일하지 말고 나가 달라는 소리까지 들어 가면서.

그룹 차원에서는 골칫덩어리, 싸이코 또라이로서 눈엣가시와도 다름없지만, 그는 무려 총수인 이 회장의 조카인지라 함부로 쫓아낼 수도 없는 노릇이었다. 역설적으로 그 때문에 태한그룹의 이미지가 자꾸만 좋아지는 것도 사실이었다. 이를 간파한 외조모 역시 점점 더 정호를 흡족하게 여기고 있었다.

"응, 근데 거긴 기본적으로 로펌만큼 빡빡하지가 않아서 그래도 일찍 퇴근할 수 있어. 그러니까 얘들도 좀 봐주고 할 시간이 있지."

정호 이야기가 나오자 유리의 목소리가 조금 가라앉았다. 결혼 후 남편이 된 김정호는 하루가 다르게 점점 멋있어졌다. 삼십 대 중반이 되면서 눈가에 장난기 대신 강한 빛이 머물렀다. 나이가 들수록 점점 더 그윽해지는 그 눈빛에 유리조차 하던 말을 잊을 때가 많았다.

뭔가 분했다. 자신은 아이 낳느라 몸도 망가지고, 매일 푸석한 피부에 관리할 시간조차 없는데, 저놈은 날이 갈수록 때깔만 고와지고 있으니 말이다.

정호가 퇴근해서 돌아오면 그에게 아기들을 맡겨 놓고 편히 샤워할 수도 있겠지만, 유리는 이렇게 낮잠 시간을 이용해 미리 샤워를 하곤 하였다. 최소한 그가 집에 돌아왔을 때 꼬질꼬질한 모습으로 맞이하고 싶진 않아서였다. 운동하고 피부 관리할 시간이 없다면 씻기라도 잘해야지.

하지만 그럴수록 왠지 초라해지는 기분이 들기만 했다. 언제 그렇게 꾸미고 다녔는지 이제 기억도 나질 않는다. 아기에게 멱살이 잡혀 목이 늘어진 티셔츠를 입은 채 유리는 바람 빠진 풍선처럼 늘어져서 잠시간의 휴식을 만끽하였다.

"정호 씨, 그래서 내가요, 그때 넘어지는 바람에⋯⋯."

정신없이 말을 잇던 희연은 문득 조수석에 앉은 정호의 시선을 느꼈다. 신호에 걸려 정차 중이었기에 고개를 돌릴 수도 있었지만 모르는 척 전방을 주시했다. 자신의 볼과 귓가에 닿은 눈빛은 굳이 확인하지 않아도 뻔한 것이었다. 정호가 절 뜨겁게 바라보고 있었다.

운전대를 잡은 희연의 손이 미세하게 떨려 왔다. 성공을 확신하는 전율이었다. 아직 별 시도도 안 했는데 이 남자, 벌써 넘어온 건가. 이렇게 쉬울 수 있나. 애처가로 소문났다더니 뭐, 남자 다 똑같네.

솔직히 좋아서 웃음이 나오려고 했다. 뻔한 남자들을 유혹하는 것보다, 지금 자신의 차 조수석에 태운 김정호 변호사를 건드리는 쪽이 훨씬 짜릿했다.

얼굴이 잘생긴 건 말해 봐야 입만 아프고, 건장한 체구에 모델처럼 쭉 뻗은 키, 평소 유들거리며 장난이나 치는 것 같지만 때로 진지해지는 태도. 가벼워 보이지만 어쩐지 범접하기 어려운 기운이 느껴져 처음에는 당황스러웠다. 전혀 경험해 보지 못한 종류의 카리스마였기 때문이다.

그런데 볼수록 남자의 완벽한 비주얼과 더불어 독특한 매력을 뿜어내는 덕에, 유부남임에도 불구하고 희연의 끼를 자극해 버린 것이다. 꼬시고 싶다. 꼬시고 싶다. 아아, 꼬시고 싶어. 정호를 볼 때마다 뺏고 싶은 남의 떡을 보듯 속으로 군침만 흘리곤 했다.

미국 명문대 로스쿨을 나와 시카고에 있는 로펌에서 변호사로 근무하던 희연은 최근 태한그룹 법무팀으로 스카우트되어 왔다. 웬만한 대형 로펌 못지않게 규모가 대단한 법무팀이라 변호사만 해도 200명에 달했는데, 그중 단연 돋보이는 정호에게 시선이 가고 마음이 갔다.

한 번만 따로 만날 수 있으면 좋겠다고 생각했지만, 기회가 쉽게 오는 것은 아니었다. 그는 단 한 번의 회식도 참여하지 않고 퇴근 후 곧장 사라지곤 했기 때문이었다.

그러다가 오늘, 퇴근길에 회사 앞에서 우연히 택시를 잡으려는 정호를 보았고 희연이 차를 세웠다. 보아하니 택시가 잘 잡히지 않아 한참을 서 있었던 모양이었다.

'타세요. 제가 그 방향으로 가니까 내려 드릴게요.'

일전에 다른 사람과의 대화에서 그의 동네가 어딘지 들은 적이 있었기에 말을 건넬 수 있었다. 희연이 가려던 방향과는 완전히 반대쪽이었지만 그 정도 수고쯤이야 상관없다고 생각했다.

손목에 찬 시계를 보며 난감한 표정을 짓던 정호는 결국 희연의 차에 올랐다. 그렇게 그의 집으로 향하는 길이었다. 정호의 시선이 닿은 희연의 귓가가 뜨겁게 달아올랐다.

이 남자 아주 대놓고 쳐다보네. 너무도 노골적인 눈빛이라 볼이 화끈해질 정도였다. 퍼지는 열기에 그녀는 침이 바짝 말랐다.

눈앞의 신호가 초록색으로 바뀌었다. 부드럽게 가속 페달을 밟는 희연의 가슴이 쿵쿵 뛰고 있었다.

"김단, 김진, 그렇게 좋아?"

유리는 아파트 산책로를 따라 쌍둥이 유모차를 밀며 걸었다. 단과 진이 옹알거리며 손으로 이쪽저쪽을 가리키고 있었다. 기분이 무척 좋아 보였다.

낮잠에서 깨어나면서 제대로 못 잤는지 진이 꿍얼거리기 시작했고, 이에 단이 합세하면서 두 아기는 엄마의 정신을 쏙 빼놓으며 울어 댔다. 이유식과 기저귀, 모든 것을 해결하고도 자꾸만 보채는 통에 유리는 기절할 것만 같았다.

그러다 결국 밖으로 데리고 나왔더니 언제 울었나 싶게 또 방긋거리고 있다. 밖에 나가고 싶으면 나가고 싶다, 진작 말을 좀…… 아직은 못 하는 아기들이었다.

"엄마가 미안하다. 더 빨리 알았으면 너희가 덜 울 수 있었을 텐데."

나가고 싶어 답답해하는 마음을 읽지 못한 것마저 미안함이 들었다. 아기를 보는 건 답이 정해져 있는 문제 풀이가 아니라서 유리에게도 어려운 숙제 같았고, 때로 좌절감도 많이 안겨 주곤 하였다. 그러나 이 아기들이 주는 게 두 배의 고통뿐일까. 아니다.

"마, 마!"

"음, 마!"

오밀조밀한 이목구비에 뽀얀 볼살이 인형같이 예뻤다. 조그만 입술을 움직여 엄마, 엄마를 외치는 아기들은, 두 배의 행복이었다. 유리는 유모차 앞으로 와서 쪼그리고 앉아, 방긋 웃는 단과 진을 보며 좋아서 어쩔 줄 몰랐다. 내 새끼들, 예쁘게도 생겼지, 아이구 귀여워라!

"빠, 빠!"

"빠, 으어, 빠아!"

두 아기가 동시에 파닥파닥 손을 움직이기 시작했다. 유리의 어깨 너머 어딘가에 시선이 향해 있었다. 그녀는 아기들의 시선 쪽으로 고개를 돌렸다. 멀리 정호의 얼굴이 보였다.

"어, 아빠 오셨구나!"

유리도 반가운 마음에 벌떡 일어섰다. 어느덧 정호가 퇴근해서 올 시간이었고, 아빠를 기다린 아기들만큼이나 자신도 남편을 무척 기다리고 있었다. 그때였다.

"헐, 존나 예뻐. 모델인가 봐."

"대박! 야, 쩔어."

이쪽을 향해 오는 교복 입은 남자 고등학생들이 흥분한 어조로 떠들었다. 어휴, 화장도 하나도 안 하고 옷도 그냥 티셔츠 쪼가리 걸쳐 입었는데 뭘 또 그렇게까지 모델이라고……. 유리는 평소 워낙 거리에서 익숙하게 들었던 말들인지라 자연스럽게 미소까지 머금었다.

그런데 가만 보니, 자신을 두고 하는 말이 아니었다. 남학생들이 자꾸만 돌아보는 쪽은 따로 있었다. 유리는 그쪽을 향해 고개를 돌렸다. 그러고는 얼굴이 굳어졌다.

아파트 문주 앞 도로에 정차한 외제 차와 그 앞에 선 정호, 보닛을 돌아 인사를 하러 오는 여자가 보였다. 그 조화가 참으로 낯설게 보였고, 가슴이 따끔따끔하니 기분이 좋지 않았다.

뭐, 다 좋다. 모델이니 미스코리아니, 이제 저는 그런 말을 못 들어도 상관

없다. 그런데 감탄 어린 그 말들이, 지금, 내 남자 옆에 있는, 저 마른 꽁치 같은 여자에게 향한 것이라면 얘기는 다르지. 유리는 어금니를 꽉 깨물었다.

"빠! 빠아!"

"빠빠! 으으빠아아!"

유모차에 갇혀 아빠를 향해 푸드득거리는 아기들을 가만히 내려다보던 유리는 이내 결심한 듯 단의 벨트부터 풀어 주었다. 그리고 안아서 바닥에 탁 내려 주었다. 이어 진까지.

"가라."

유리는 쌍둥이들에게 비장하게 손짓하였다.

딸들아, 출격이다. 가서 외간 여자 옆에 있는 아빠를 탈취(奪取)하거라. 이 아빠가 내 아빠다, 외간 꽁치는 물렀거라, 말을 하여라. 아, 아직 말은 못 하지.

꽁치는 타이트한 블랙 원피스를 입어 몸매가 여실히 드러났는데, 군살 없이 꽤 늘씬한 편이었다. 남학생들이 극찬했듯 '대박 쩌는' 정도까지는 아니었지만. 슈트를 빼입은 정호와 서 있는 모습에 위화감은 없었다. 굳이 따지자면, 긴 티셔츠에 레깅스를 입고 머리를 대충 돌려 묶은 자신과 지금의 정호가 어울리지 않는 모습일 것이다.

아기들은 바지 안에 기저귀를 차고 있어 볼록한 엉덩이를 씰룩거리며 걸음마를 시작했다. 팔을 흔들며 아장아장 아빠를 향해 돌진하는 쌍둥이의 뒷모습을 서늘한 시선으로 바라보던 유리가 손을 올렸다.

촤르륵. 머리끈을 풀어내자 탐스러운 머리카락이 쏟아졌다. 샤워하고 머리를 말려서 묶은 터라 그래도 보기 좋게 머리가 풀어졌다. 아무리 출산으로 몸이 망가졌다고 해도 내가 기본이 있지, 저따위 하급 꽁치에 질 수는 없다.

홀로 초라해지는 기분을 느꼈다고 했던가. 아니, 지금은 묘하게 주체 못 할 자신감이 솟구쳤다. 내 남편, 나를 사랑하는 내 남편, 누구에게도 내어 주지 않을 내 토깽이. 그 옆에 있어야 할 여자는 나뿐이다.

치장이라곤 아까 낮에 한 샤워가 전부였다. 민낯에 늘어진 티셔츠, 쫀쫀한 회색 레깅스, 낮은 운동화가 그녀의 쌍둥이맘 룩을 완성해 주었다. 다소 허름한 차림에도 불구하고 곧은 자세에 분명한 눈빛으로 전방을 바라보는 그녀에게서는 범상치 않은 기운이 흘렀다.

유리는 아장아장 걷는 단과 진을 따랐다. 모델은 누가 모델이야? 런웨이가 별건가. 초절정 미모의 쌍둥이와 엄마인 내가 걷는 이 길이 바로 런웨이다.

"여보!"

"빠, 빠! 빠!"

"빠! 으빠!"

돌아보는 정호의 얼굴이 환해졌다. 런웨이를 밝히는 조명은 오로지 햇살처럼 싱그러운 그의 미소뿐이었다.

"왜 나왔어?"

"여보, 우리 아기들이 자기 올 시간이라고 보고 싶은지 막 나가자고 하잖아. 그래서 마중 나왔지."

정호는 단과 진을 안아 올렸다. 아기들은 아빠에게 안긴 것이 좋아 까르르 웃어 댔다.

"크흐. 이쁜 내 새끼들."

"여보, 나는?"

쪽. 대답 대신 입술에 가볍게 떨어진 키스. 단과 진을 안은 채 정호는 유리의 입술에 입을 맞췄다. 누가 보든 상관하지 않는다는 듯 거리낌이 전혀 없었다. 유리와 눈이 마주친 꽁치가 바로 쭈구리가 되어 버리는 순간이었다.

"여보, 근데 이분은 누구?"

"어. 우리 회사 새로 오신 분. 아, 그런데 성함이……?"

이름도 잊고 있었나 보다. 정호가 이름을 묻는 통에 희연의 볼이 벌게 졌다. 제 이름도 모르는 남자를 태우고 이 멀리까지 왔단 말이야?

"유, 유희연이요."

"아, 유희연 씨. 특허 소송 쪽 맡고 계시는."

"아니, 저는, 특허가 아니라 글로벌 법무팀에…… 미국 변호사로……."

"아, 죄송합니다. 미국 변호사시래."

소개가 무슨 이따위인지. 자신에 대해 아는 것이 전혀 없는 정호를 보며 그녀는 당황하고 말았다. 그리고 이내 헛기침을 하더니 '가 보겠습니다. 그럼 들어가세요.' 하고는 얼른 차를 몰고 사라졌다.

"내가 실수했나?"

"실수했지, 그럼. 여기까지 차 얻어 타고 오면서 이름도 모르고, 소속도 몰랐어?"

"아니, 택시가 너무 안 잡히잖아. 그러다가 차 막히는 시간에 걸려서 너무 늦어질까 봐, 이쪽으로 지나간다고 태워 준다니까 타고 왔지."

"빠, 빠!"

"그래, 집에 들어가자!"

넓은 아빠 품에 안겨 볼을 비비는 아기들에게 정신이 팔려 정호는 또 신나는 발걸음으로 앞장서 나갔다. 유리는 손목에 끼워 둔 머리 끈을 빼내 다시 머리카락을 도르르 말아 묶었다. 씻기고, 먹이고, 재우고. 이제 저녁 전쟁이 시작될 시간이다. 하지만 두 용사의 동반 참전이니 그리 두렵지만은 않았다.

주말. 본가 부모님께서 모처럼 둘이 데이트하라며 쌍둥이를 봐주겠다고 하셨다. 그 말에 정호와 유리는 얼른 아기들 짐을 챙겨 서초동에 들렀다.

평생 무딘 아들만 하나 키웠던 정호의 부모님은 단과 진 쌍둥이 자매가 입만 빼끔거려도 사르르 녹아내려 어쩔 줄 몰라 하였다. 데이트하라는 배려는 아무래도 핑계고, 실은 당신들이 손녀딸을 보는 재미에 푹 빠져 있어 소환하신 모양이었다. 덕분에 유리도 이럴 때는 한숨 돌릴 수가 있었다.

쌍둥이를 맡기고 나와 정호와 유리는 오래간만에 영화를 한 편 보고, 준원의 레스토랑에 들러 느긋하게 식사도 즐겼다. 그리고 손잡고 공원도 한참 산책한 후에 집으로 돌아왔다. 별것 아닌 일상도 너무나 달콤하기만 했다.

욕조에 따끈한 물을 채워 거품을 내고 함께 몸을 담갔다. 지친 몸이 노글노글 풀어질 때쯤 한껏 달아오른 그에게 이끌려 깊은 키스를 나누었다. 여지없이 서로를 안고, 그 품에서 이름을 불렀다. 때로는 가만히 읊조리듯, 또 때로는 쾌감에 못 이겨 내지르면서. 바스락거리는 이불 속에서 맨살을 부딪치면서.

모처럼 뜨겁고 달콤한 시간을 서로 나누었다. 그리고 엎드려 누운 유리의 등을 손끝으로 훑듯이 어루만지던 정호가 몸을 일으켰다.

"맞다. 줄 거 있어."

"줄 거?"

궁금해진 유리도 상체를 일으켜 정호를 바라보았다. 그가 조그만 상자를 가지고 다시 침대로 돌아왔다. 유리가 상자를 열어 보는 동안 정호는 기대 어린 눈길로 그 모습을 바라보았다.

"어, 이거……."

상자 안에 있는 건 귀걸이였다. 초승달 모양 밑에 물방울 모양의 보석이 세공된 귀걸이를 본 유리가 입술을 벌렸다. 예쁘기도 했지만, 예뻐서만은 아니었다.

'저 귀걸이 예쁘다.'

'어디?'

'저기 저 여자가 한 귀걸이.'

언젠가 부모님 선물을 사러 백화점에 갔을 때였던 것 같다. 유리가 같은 매장에 있던 한 여자 손님의 귀걸이를 보고 예쁘다고 한 적이 있었다. 자신도 잊고 있었던 걸 보면 아주 최근은 아니었던 것 같다.

'사 줄까?'

'아니야, 됐어. 나 귀걸이 안 할 거야. 우리 애들이 잡아 뜯으면 귀 찢어진다. 사 봤자 별로 할 일도 없어.'

세련된 오피스 룩에 액세서리를 잘 매치하여 치장하곤 했던 과거 시절과는 한참 멀어져 있었다. 귀걸이 하나조차 겁이 나서 하지 못할 정도였다. 그런데 그 귀걸이 이야기를 하고 얼마 후, 유리가 말했었다.

'나, 옛날이 더 예뻤지?'

'어?'

'지금은 아기 낳으면서 살도 붙고, 얼굴도 못생겨진 거 같고. ……나는 관리 안 하면 안 되는데.'

'관리 안 해도 예뻐.'

'뭐냐, 이 영혼 없는 대답은?'

'예쁘대도 불만이야?'

'진심이 전혀 안 느껴지니까 그렇지. 그리고 언제는 내가 소름 끼치게 예쁜 얼굴도 아니고, 살도 잘 찌는 체질이라 평생 관리하면서 살아야 한다며.'

'와, 그런 건 어떻게 까먹지도 않냐.'

답은 정해져 있고 넌 대답만 하면 되는 질문을 던지기도 했었다. 관리 안 해도 예쁘다는 대답을 듣고도 유리는 왠지 찜찜하여 계속 꼬투리만 잡았었다. 스스로 초라하게 생각했던 마음은 남아 있지만, 귀걸이를 보고 예쁘다고 했던 기억은 잊고 있었다.

"이 귀걸이…… 어떻게 찾았어?"

사실 유리도 그날 돌아와서 어느 브랜드 제품인지 검색을 해 보긴 했었다. 하지만 눈으로 본 모양만 가지고는 찾을 수가 없었고, 그 자리에서 그 여자에게 물어보기라도 해야 했나 후회가 들었다. 그러니 더욱 미련을 버리고 잊은 것이었다. 어차피 생각해 봐야 사지도 못할 물건이니까.

　그런데 바로 그 귀걸이였다. 본 지 한참이나 된 귀걸이를 어떻게 사 왔을까.

　"아, 얼마 전에 나 집에 태워다 준 분 있잖아. 특허 쪽이라 했던가."

　괴물 천재라 불렸을 정도로 기억력이 무시무시한 정호는 지금 같은 회사에 다니는 변호사 소속조차 제대로 알지 못하고 있다. 관심이 없는 건 죽어도 머릿속에 넣지 않는 정호였다. 가만히 있어도 이미 과부하라나.

　"그때 태워다 준 분이라면 특허 쪽이 아니고 글로벌 법무팀이라니까."

　"아아, 그래. 글로벌. 영국에서 왔다던……."

　"미국."

　"맞아. 양희연 씨였지?"

　"유희연 씨."

　"그래, 그때 차 정비 맡겨서 택시 타려다가, 너무 늦어질까 봐 얻어 타고 온 그 차."

　유희연 변호사는 하버드 로스쿨 출신에 집안 빵빵하고 외모도 괜찮은 편이라 만나자는 남자가 줄을 섰다고도 했다. 유리가 법무팀에 있는 다른 동기에게 물어봐 알게 된 것이었다. 정호와 별일은 없을 거라고 생각했지만, 그래도 묘하게 신경이 쓰였는데. 정호에게 그녀는 한낱 택시 대신 얻어 탄 차의 주인에 불과했나 보다.

　"그날 그분이 이 귀걸이 비슷한 걸 하고 있더라고. 그건 달 모양이 아니라 별 모양이었어. 혹시 같은 브랜드인가 싶어서 유심히 봤지."

　"아, 정말?"

100

"응. 그래서 다음 날 여쭤보고 알아내서 사 왔다. 내가 이렇게 세심하고 부지런한 남자야. 진짜 김유리 전생에 나라를 몇 번 구했냐? 혹시 너 이순신 장군님……."

"아, 좀 그런 말은 네 입으로 하지 마라, 진짜. 내가 다 창피하다."

그러면서도 유리의 입가에 웃음이 번졌다. 스쳐 가며 자신이 예쁘다고 했던 귀걸이의 모양을 기억해 두고, 일부러 물어봐서 사 왔다고 하는데. 기분이 좋을 수밖에 없었다. 정호에게 이런 세심한 면도 있었다니. 그때 유리는 그 귀걸이를 안 사도 괜찮다고 했었지만, 돌아와 검색해 볼 정도로 마음에 있긴 했었다.

지금 그 귀걸이가 유리의 손에 있다. 언제나 그렇듯 그는 자신의 말 한마디 한마디에 귀를 기울이고, 깊은 의미를 부여하며 살아가고 있었다.

"같은 브랜드 맞더라고. 그분이 알려 주신 매장 가니까 이게 있었어. 다른 것도 예쁜 거 많던데, 나중에 같이 나가서 보자."

"……고마워."

"하여튼, 김유리 남편 복은 많아서. 진짜 나 같은 남편 어디서 구했냐? 비결이 뭐야? 대체 나라는 몇 번이나 구해야 나처럼……. 흐읍."

헛소리를 막는 방법은 이것뿐이었다. 자뻑 토깽이의 입은 입술로 막는 수밖에. 뭉근하게 피어오르는 열기에 다시금 몸이 달아올랐다.

입술을 뗀 정호가 그녀의 귀에 조심히 귀걸이를 달아 주었다. 간질간질, 닿아 있는 맨살이 사정없이 떨려 왔다. 결혼하고 수없이 몸을 섞었건만 왜 이런 순간, 또 이렇게 떨리는 건지. 내민 거울에 얼굴을 비춰 보니 귓불에 반짝거리는 빛이 무척 화사했다.

"예쁘네."

"그치?"

"밤낮으로 육아하는 엄마가 하기엔 심하게 아름답다. 사실 귀걸이 할 일 별로 없는 건 사실인데. 봐, 애들이 뜯기 딱 좋잖아."

정호가 그런 유리의 머리카락을 귀 뒤로 넘기듯 부드럽게 쓸어 주며 말했다.

"귀걸이 할 일이 왜 없어? 나랑 잘 때 하면 되는데."

"잘 때?"

정호가 고개를 끄덕였다.

"이것만?"

"그래, 이것만."

그녀의 귀에 빛나는 귀걸이를 보며 정호가 웃었다. 그리고 단숨에 그녀의 위로 올라왔다.

"김유리 너는."

"......"

"관리 안 해도, 꾸미지 않아도, 그냥 예뻐."

"......"

"그러니까 걱정하지 마."

그 자체만으로 빛나는 별. 있는 그대로 아름다운 나의 별.

정호는 이마에 부드럽게 입을 맞추었다. 그리고 감은 두 눈에, 코에, 볼에, 입술에. 벗은 몸에 달랑 귀걸이 하나만 하고 누워 있는 그녀는 더없이 아름다웠다. 그녀의 고운 몸 구석구석에 입을 맞춰 나갔다. 어디 한 군데 빼놓을 수 없을 만큼 전부 사랑스러웠다.

자신과 그녀를 닮은 아기들을 낳고, 또 그 아기들을 키우기 위해 밤낮으로 고군분투하는 아내가 어찌 예쁘지 않을 수가 있을까. 전생에 나라를 구한 건 자신이다. 이런 여자를 만나고, 사랑하고, 아내로 맞이한 것이 전부 자신의 복이었다.

유리는 정호의 키스를 받으며 잠시 제 귀를 만졌다. 귀걸이가 손가락 끝에 닿자 가슴을 그득히 채우는 충만감에 몹시도 기뻐졌다. 스스로 초라하다 느끼다가도 결정적인 순간 아무렇지 않게 솟구치고 말았던 자신감의 근원지는 바로, 그의 사랑이었다.

분명 결혼이 끝이고, 전부는 아니다. 마냥 행복한 날만 있을 수도 없고. 그동안 힘들어 울고 싶은 날들도 참 많았다. 앞으로 살아가는 동안 그런 날은 수도 없이 더 찾아오겠지.

하지만 분명한 건, 그럼에도 불구하고 이 사람과 함께하니 너무도 행복하다는 것. 아름답게 날리는 꽃잎이 아니면 어떠한가. 달콤한 꿀통에 빠진 게 아니면 또 어떠한가. 치열하게 사랑하고, 거세게 싸우면서. 있는 그대로의 서로를 아껴 주면서. 마냥 아름답지만은 않더라도 그렇게 토닥여 주며 살아가는 것이 우리의 결혼.

유리는 자신의 몸에 입술을 묻은 그를 자신에게로 더욱 끌어당겨 안았다. 보드랍고도 뜨거운 입술. 끝없는 열락에 들뜬 밤.

이 모든 것이 정호, 그와 함께이기에 행복하였다.

5. 로(Law) 카페 2호점

경기도 평인시에 있는 로(Law) 카페 2호점.

작년에 유리의 후배 변호사 두 명이 의기투합해 개업한 곳으로, 1호점과 마찬가지로 한적한 골목에 있었다.

일부러 마음먹고 찾아가는 곳이 아닌, 동네 사람들이 두부나 콩나물을 사듯 가볍게 들를 수 있는 사랑방 같은 카페. 유리가 처음 원했던 그 모습 그대로 2호점이 바로 여기 있다.

후배들이 운영하는 걸 보기만 해도 뿌듯한 건 당연한 소리. 유리가 안으로 막 들어가려는 찰나, 전화벨이 울렸다.

사랑하는 남편, 정호였다.

"응, 애들 만났어?"

바로 전화를 받은 유리는 카페 옆으로 비켜섰다.

불타는 금요일, 준원, 새연과 만나기로 한 저녁이다. 각기 일과 육아를 병행하느라 정신없는 나날 아닌가. 이렇게 부부끼리 만날 기회는 흔치 않았다.

모처럼 새연의 부모님이 지방에서 올라오신 덕분에 준원, 새연은 아이를 맡기고 나올 수 있었고, 정호와 유리 부부의 쌍둥이 자매 역시 본가에서 데려가셨다. 혁준과 그의 아내 해수까지 함께 보면 좋으련만 하필 가족 여행을 갔다고 하니 할 수 없이 두 부부만 만나기로 했다.

이른바 자유 부부. 예전에는 아이 없이 어른끼리 보는 만남이 이토록 소중한 줄 미처 몰랐다. 쉴 새 없이 같은 질문을 반복하는 녀석들도, 쉴 새 없이 뜀박질하는 녀석들도, 쉴 새 없이 싸우는 녀석들도 없다. 함께 모이면 벌써 애가 넷, 혁준 부부까지 합류하면 여섯으로 늘어난다.

만났다 하면 비글에서 빌런으로 진화한 꼬맹이들을 살피느라 정신이 하나도 없었는데, 오로지 술과 음식에만 집중할 수 있는 시간이 주어진 것이다. 우아하고 침착하게 술잔을 들 수 있다니, 이 얼마나 귀한 시간인가.

-좀 전에 곱창집 들어왔어. 넌 언제 와? 끝났어? 출발했어?

"응, 끝나긴 했는데 2호점에 잠깐 들렀다 가려고. 여기 평인 지법 근처잖아."

유리는 평인 지방 법원에 내려온 참이었다. 일을 다 보고 바로 가려다가 그냥 가기 서운하여 2호점에 온 것이다.

-2호점에 들렀다고? 오늘은 그냥 빨리 오지.

"커피만 마시고 금방 갈게. 한 시간이면 될 것 같은데?"

-한 시간이 아니라 난 일 분도 못 참아.

"그냥 먼저 먹고 있으라니까. 하여튼 곱창 되게 좋아해."

-곱창이 아니라, 너 보고 싶어서 그런다고.

매일 얼굴 보고 사는 부부 사이에, 겨우 한 시간도 못 참는다는 게 말이나 될까 싶지만 김정호라면 가능했다. 세상에서 출근을 가장 싫어하고, 퇴근을 가장 좋아하는 자가 바로 김정호였으니까. 이유는 딱 하나, 회사에 있는 동안은 김유리를 볼 수 없어서다.

정호의 투정에 이어 바로 새연의 목소리가 들려왔다. 보다 못해 전화기를 낚아챈 모양이다.

-김유리, 일 다 보고 천천히 와. 앤 신경 쓰지 말고.

-아 왜애, 내가 오늘 저녁을 얼마나 기다렸는데. 아침부터 기다렸단 말이야.

-넌 아침이 아니라 태어나기 전부터 김유리를 기다리셨겠죠.

쯧쯧, 새연이 혀를 차는 소리가 이어졌다. 이제 네 살인 쌍둥이 자매도 '엄마 껌딱지'를 졸업했는데, 정호는 결혼 5년 차에 여태 '김유리 껌딱지'로 살고 있으니 할 말이 없다.

-우리 정호는 어쩜 이렇게 발전이 없을까.

-발전이 없는 게 아니라 일관성이 있다고 해야지.

-말이나 못 하면.

-너 그거 저주다. 변호사한테 할 소리냐, 그게. 내가 말을 못 했으면 어떻게 밥값을 하고 살겠어. 내 삶은 오로지 말로 시작해서 말로 끝나며, 내 감출 수 없는 매력이 전부 말발로부터 비롯……

그때 준원이 정호의 말을 끊으며 끼어들었다.

-김정호는 우리가 잘 데리고 있을 테니까 걱정하지 말고, 천천히 와.

"알았어. 최대한 빨리 출발할게."

유리는 전화를 끊고 가벼운 한숨을 내쉬었다. 부모님께 쌍둥이 딸들을 맡겨 놓은 건 안심이 되는데, 오히려 친구들에게 김정호를 맡긴 게 못내 불안하기만 하다. 물론 보고 싶다며 안달을 부리는 정호가 싫지는 않지만. 덩치가 크면 뭐하나. 제겐 여전히 귀엽기만 한 남편이었다.

"하여튼, 나 없으면 일 초도 못 살지."

이놈의 토깽이 새끼. 내가 아니면 누가 그 입 좀 다물라며 등짝을 팡팡 두드려 주겠어.

유리는 최대한 빨리 출발해야겠다고 생각하며 힘차게 2호점 문을 열고 들어섰다.

그 시간, 곱창집.

"이건 솔직히, 말도 안 되는 거잖아."

정호는 소주잔을 탁 내려놓으며 말을 이었다.

"근속 5년이라니. 내가 5년씩이나 회사에 출퇴근을 꾸준히 한다는 게 말이나 되냐? 나처럼 뒹굴뒹굴, 밥이나 축내는 게 천직인 애가?"

"넌 너를 너무 정확히 파악하고 있어. 무서울 정도야."

앞에 앉은 새연이 불판 위 곱창을 집으며 고개를 끄덕였고, 준원 역시 맞장구쳤다.

"그만하면 오래 다녔지. 우린 너, 5년이 한계일 거라 예상했었어."

"그치? 그만둬도 되겠지? 나 이 정도면 최선을 다한 거 맞지? 나답지 않게 정말 애쓴 거 맞는 거지?"

답을 정해 놓고 동조를 구하는 정호의 말에, 준원과 새연은 기꺼이 원하는 대답을 들려주었다.

"그래, 까짓것 그만둬."

"인생 뭐 있냐. 마음먹었으면 퇴사해야지."

아무리 외가인 태한그룹이라 해도 회사는 회사다. 김정호 성격에 조직 생활이 잘 맞을 리 없었다. 답답하고, 갑갑하고, 텁텁한 나날이었겠지. 그들의 말대로 5년이면 길게 버텼다.

친구들의 이해에 용기를 얻은 정호가 단숨에 소주를 들이켜곤 굳은 결심을 내뱉었다.

"오늘 꼭 김유리한테 말한다, 내가."

정호가 태한그룹 법무팀에 근무한 지 햇수로 5년. 처음 시작은 정호의 외조모인 구 여사와 했던 모종의 거래 때문이었다.

4년 전, 당시 구 여사는 이편웅의 소송 진행을 묵인해 주는 대신 정호에게 그로 인한 손해를 메우길 요구했었다. 구 여사가 손자인 정호에게 원한 건 그룹에 이득이 되는 결혼이었다. 한창 유리와 불타는 사랑에 빠져 있던 정호가 그 조건을 받아들일 리 만무했고, 부모들 또한 원치 않았기에 구 여사는 정략결혼을 밀어붙일 수 없었다.

대신 내민 카드가 바로, 정호의 태한그룹 법무팀 입사였다. 일이 진행되는 걸 보면서 정호의 능력과 배포가 남다르다고 판단했기 때문이었다. 유리와의 만남을 보장받기 위해 정호는 그 카드를 선뜻 받아들였다. 하지만 구 여사의 의도와 달리 정호는 입사 후 또라이 기질을 발휘하며 그룹을 초토화해 버렸다. 아군인지 적군인지 모를 정도로, 태한그룹의 비리와 내밀한 속사정을 까발리는 데 앞장선 것이다.

아이러니하게도 결과적으론 기업 이미지 개선에 큰 도움을 주었다. 내부 총질을 해 대는 또라이 때문에 태한그룹은 정직하고 바른 기업으로 환골탈태할 수밖에 없었으니까. 비록 울며 겨자 먹기였다지만 구 여사는 참으로 이득이 되는 겨자였다며 내심 흡족해했다. 정호의 외삼촌에게 그룹 경영권을 넘기고 뒷방으로 물러난 구 여사조차 이제야 비로소 마음이 편해졌다고 할 정도였다.

정호의 태한그룹 입사와 근무, 그리고 유리와의 결혼, 임신과 쌍둥이 출산. 이 모든 일이 지난 4년 사이에 일어났다. 폭풍 같은 시간이었다. 결혼도 5년 차, 입사도 5년 차. 정호는 이제 퇴사를 기점으로 새로운 변화를 꿈꾸는 중이다.

"근데 할머님께는 퇴사한다고 말씀드렸어?"

"그래. 반응이 어떠신데? 순순히 놓아주진 않으실 분 같은데."

준원과 새연이 새삼 걱정스러운 듯 물었다.

정호의 또라이 총질에 처음엔 역정을 내었던 구 여사지만, 이내 돌아가는 판세를 읽고는 적극적으로 그를 지지해 주셨다. 덕분에 정호도 힘을 얻어 더욱 가차 없이 총을 쏘아 댈 수 있었고. 여장부답게 배포가 크고, 판단이 빠르신 분이었다. 그런 구 여사는 현재 정호를 크게 신임하고 있으므로 그룹에서 내보내고 싶지 않아 할 것이었다.

어쩌면 정호를 법무팀에서 꺼내어 더 큰물에서 놀게 하고 싶으실지 모를 일이고. 그렇다면 손주들 사이에서 벌어지는 경영권 다툼과 후계자 싸움에 정호가 휘말리게 될 수도 있다. 정호는 자칭 '밥이나 축내는 게 천직인 놈'이라고 하지만, 사실 능력이 뛰어나도 한참 뛰어난 인재라는 걸 모르는 이는 없었다.

그런데.

"순순히, 놓아주시던데?"

정호는 뜻밖의 대답을 꺼내 놓았다.

"정말? 바로?"

"할머님께서 진짜?"

"응. 나가고 싶다고 하니까 그러거라, 하시더라."

의외의 반응이었다. 구 여사가 정호를 욕심낸다는 건 누구나 알고 있는 사실이었는데, 바로 놓아주셨다니 놀랄 수밖에 없었다.

"회사에 더 있으란 말 안 하셨다고?"

"너도 지분 싸움에 한몫하고 그러는 거 아닌가 했는데."

사실, 정호는 만인의 생각과 달리 회사에 적응을 너무 잘했다. 검사 생활도 3개월 만에 때려치운 전적이 있고, 딱히 직장 생활이나 알바 경험이 있는 것도 아닌 정호였기에 법무팀에 입사할 때부터 주변인의 걱정이 이만저만이 아니었다. 백수가 천직인 듯 보인 정호도 실은 그룹 일에 관심이 있는 게 아닌가, 새로운 야망에 눈을 뜬 건 아닌가, 다들 합리적 의심을 할 정도로 정호는 태한그룹에 착실히 몸담고 있었다.

"그렇게 귀찮은 걸? 내가?"

오히려 정호는 준원과 새연의 의문이 뜻밖이라는 듯 되물었다.

하긴 정호는 여럿이 피자를 먹을 때 자기가 먹을 양을 확보하는 것조차 귀찮아하는 스타일이다. 피자를 두고 암투가 벌어질 기미가 보이면 그냥 너희 다 먹어라, 하고 줘 버리고 말겠지.

하지만 요즘 정호는 있는 돈, 없는 돈 싹 끌어모아 유리가 하는 일을 지원해 주는 데 쓰고 있다 들었다. 아무래도 유리는 공익 소송을 주로 맡으며, 큰돈을 벌기보다는 오히려 퍼 주는 쪽이었기에 밑 빠진 독의 구멍을 막는 건 정호의 몫이 될 수밖에 없었다. 그러니 외조를 위해서라도 지분에 욕심이 좀 생기지 않았나 했었는데.

"아니라고? 우리는 네가 차라리 그룹 다 먹고, 그 안의 재단까지 먹으려고 할 줄⋯⋯."

"먹긴 뭘 먹냐. 땅 따먹냐."

"좀 들어 봐. 그래서 유리 일 더 팍팍 밀어주려고 한 거 아닌가 했단 말이야. 역시 재벌가 손자 스케일이란 이런 거구나, 하고."

"너 은근 무서운 성격이잖아."

정호는 그럴 수 있는 놈이라 생각했다.

만사에 싫증을 잘 내고, 남 일에 특별히 관심도 없던 정호가 유리 앞에서는 전혀 다른 사람이 되지 않았던가. 지금도 회사에 5년씩이나 다녔다고 징징거리는 놈이, 당시 유리를 혼자 짝사랑해 온 시간만 무려 14년이

홀쩍 넘었었다. 그것도 당사자에게 티조차 내지 않고 그 긴 세월을 묵묵하게 버텨 왔었다.

정호는 유리에 관한 일이면 인내심이 철근처럼 강해졌다. 순애보가 이토록 무서운 일인지 새연은 정호를 보면서도 뼈저리게 깨닫고는 했었다. 그러니 유리를 위해서 그룹을 쟁취하겠다는 욕심쯤, 한결같이 제정신으로 살지 않는 김정호라면 가능성이 있다고 생각했었는데.

"너희들도 잘 알다시피."

정호는 곱창을 집어 올리며 말했다.

"내가 그렇게 생각이 깊은 놈이 아니야."

냠냠. 양념이 밴 곱창을 씹으며 정호가 웃었다.

"난 그냥, 김유리만 있으면 돼."

유리만 볼 수 있으면. 유리만 내 옆에 있으면.

"다른 건 아무래도 좋아. 그게 본질이야."

뭘 더 해 주고 싶어서, 혹은 해 주지 못해서 안달이 나는 마음은 다음 문제다.

"그룹을 먹든 땅을 먹든, 그렇게 하려면 지금보다 훨씬 더 바쁘게 살아야 할 거 아냐."

지금보다 더한 재력가가 되어 유리에게 외조를 마음껏 해 줄 수 있다면 물론 좋기야 하겠지만, 그런 이유로 유리를 볼 시간이 줄어든다면 글쎄, 과연 좋기만 한 일일까.

아니다. 그건 절대 아닐 것이다.

적어도 정호는 일과 유리를 바꾸고 싶지 않았다. 이제는 돈을 벌어도 유리 옆에서 벌 것이다. 껌딱지나 딱풀 정도가 아니라 강력 접착제처럼 아주 딱 들러붙어 살고 싶었다.

"나 5년이나 출퇴근하면서 참았으면 된 거잖아. 퇴사할 거야."

"그럼 너 그만두겠다는 이유가……."

"어. 1호점 출근해서 24시간 김유리한테 딱 붙어 있으려고."

준원과 새연이 입을 딱 벌렸다.

이제 막 사랑에 빠져 앞뒤 분간 못 하는 천치도 아니고, 짝사랑 14년에 결혼한 지 무려 5년 차에 접어든 놈이 저런 생각을 한다고? 얼굴 보고 산 게 도합 이십 년에 달하는데? 이게 말이 돼?

단순히 사랑꾼 정도가 아니었다. 김정호는 그냥, 김유리 한정 미친놈인 게 분명했다.

차르릉.

문에 걸린 풍경 소리가 맑게 울렸다.

"저희 이제 영업 끝났…… 선배님!"

로(Law) 카페 2호점.

손님이 나간 자리를 직접 치우고 있던 이소영 변호사는 막 들어서는 유리를 보고 반색했다.

"연락도 없이 웬일이세요?"

"여기 평인 지법에 일 보러 왔다가 돌아가는 길."

유리는 생긋 웃으며 자리에 앉았다. 포스 넘치는 유리의 등장만으로도 소박한 카페 안이 꽉 차오르는 느낌이었다.

"커피 한 잔 마시고 가려고."

"아메리카노죠?"

"응. 따뜻한 걸로."

"네. 잠깐만 계세요."

이소영 변호사가 얼른 바 안으로 들어갔다. 바리스타가 안 보이는 걸 보니 직접 커피를 내려 줄 모양이었다.

"정 변은?"

"안에서 상담 중이죠. 마지막 타임이에요."

이소영 변호사와 정소영 변호사. 이름이 같은 두 후배 변호사는 일찌감치 유리의 행보를 보며 그 뒤를 따르리라 결심했다고 했다. 두 변호사는 유리가 출산과 육아로 로 카페 1호점을 비웠을 때 기꺼이 그 자리를 대신해 주었었다. 덕분에 유리는 마음 편히 휴직 기간을 가질 수 있었고.

그리고 차근차근 2호점 오픈 준비를 해 오던 그들은 유리가 다시 복직했을 때 이렇게 로 카페를 새로 연 것이다. 유리에겐 참 특별한 인연이고, 또 고마운 존재였다.

2호점이라는 존재 자체가 그러했다. 비록 어려운 길이었지만 틀린 길이 아니었다는 걸, 바로 이곳이 증명해 주고 있었다.

"장사는?"

"당연히 안 되죠!"

유리의 질문에 이소영 변호사가 호탕하게 대답했다. 그리곤 직접 내린 커피를 가지고 와 유리의 앞에 놓아 주며 마주 앉았다.

"상담 고객은 좀 늘고 있지만 그게 돈이 되는 건 아니잖아요. 상담료가 워낙 소소해서."

"내가 다 미안하네."

"왜 미안하세요. 이러려고 오픈한 카페인데요."

이 변호사는 쿡쿡 웃으며 아무렇지 않게 대꾸했다.

"저희도 이미 다 알고 시작했던 거구요."

두 명의 변호사는 1호점에서 일하는 동안 로 카페에 대한 환상보다는 현실을 보았다.

돈을 많이 벌겠다는 기대는 당연히 없었다. 유리의 로 카페 운영 취지가 자신들의 가치관과 부합했을 뿐이다. 보통 사람들, 평범한 이웃들에게 법으로 가까이 다가가고 싶었다. 내 가족, 내 지인, 내 소중한 이들이 법을 몰라 곤란을 겪는 일이 없도록, 그저 곁에 있어 주고 싶었다. 법에 대해 편히 물어볼 존재가 있다는 것만으로도 살아가는 데 든든함을 느낄 수 있도록 해 주고 싶었다.

거창한 꿈도 아니었다. 강력 사건을 해결하고자 한 것도, 사회의 부조리를 단번에 바로잡고 싶은 것도 아니었다. 그저 생활과 가장 가까운 곳에 있는 '법'. '법' 없이도 살 수 있는 선량한 이들이, 모순적으로 '법'을 몰라 억울한 일을 당하는 경우가 없었으면 했다.

세상이 바뀌어 나가는 힘은 작은 걸음에 있다고 믿었다. 크고 작은 강줄기도 결국 흘러 흘러 너른 바다에 다다른다고 믿었다. 그 믿음을, 두 변호사는 유리에게서 보았다. 유리의 바다로 흘러 들어가는 배에 기꺼이 닻을 올렸다. 그리고 로 카페 1호점에서 경험을 쌓고, 2호점을 오픈하여 여기까지 온 지금, 두 변호사는 단 한 순간도 후회한 적이 없었다.

"돈 한 푼 안 받고 봉사하는 분들도 계시는데요. 우린 상담료 받을 거 다 받고, 커피 팔 거 다 팔잖아요. 이 정도면 충분해요. 떼돈 벌려면 이 일 안 했죠."

접근성이 좋은 만큼 평범한 손님들에게 '커피'와 '법률 서비스'를 제공하는 일은 얼추 자리가 잡혔다. 대박은 아니지만 카페 운영에 적자를 볼 정도는 아니었다. 유리가 그러했던 것처럼, 두 변호사는 카페에서 가져가는 수입보다는 따로 강연이나 기고, 자문 등을 통해 버는 돈이 더 많았다. 때로는 그 돈을 다시 카페로 투자하기도 했다.

그래도 변호사라 하면, 공부한 시간이 길고 어려웠던 만큼 직업적 보상이 크게 따르길 바라는 것도 욕심은 아닐 터. 모든 걸 포기하고 이런 카페를 운영하는 건 역시 큰 용기가 있어야 가능한 일이었다. 그렇기에 유리가 후배 변호사들을 보는 눈에는 애정이 뚝뚝 흘렀다. 고맙고, 사랑스러웠다. 뜻이 같은 이들이 있다는 게 제겐 큰 힘이었다.

"그런데 선배님은 어떻게 견디셨어요? 우린 그냥 따라가면 그뿐인데, 선배님은 이 길을 가도 되는지 아닌지 대체 어떤 믿음으로 버텨 냈을까. 정 변이랑 얘기할 때마다 참 대단하다고 느껴요."

어떻게 견디고, 어떻게 버텼을까. 비록 돈이 되는 일은 아니지만 유리는 한 번도 견디고 버틴다는 생각을 해 본 적 없었다.

"글쎄……."

유리가 엷게 웃었다.

돌이켜 보면 그건 모두 정호 덕분이었다. 정호의 사랑을 바탕으로, 유리는 마음 놓고 세상을 향해 걷고 달릴 수 있었다. 그는 친구, 연인, 남편을 넘어 삶의 진정한 동반자였다. 온전히 제 편이 되어 지지해 주는 이가 있다는 게 사람을 얼마나 충만하게 하는지 예전엔 미처 몰랐다.

"당연히 해야 하는 일이라고 생각했지. 아무도 안 하면 내가 해야 한다고, 숨 쉬는 동안은 내가 해야 할 일이라고."

끝까지 믿어 주고 도와주는 사람이 있으니, 별로 힘들지도 않았다. 사랑은 어려운 일도 쉽게 만드는 재주가 있었다. 그건 기적의 또 다른 이름이었다.

"아아."

이 변호사가 새삼 반했다는 듯, 감탄 어린 눈으로 유리를 바라보았다.

"이런 건 적으면서 들어야지. 인간적으로 너무 멋있지 않니?"

내내 진지하던 유리의 눈빛에 금세 장난기가 번졌다.

"아, 진짜. 이럴 때마다 정호 선배님이랑 똑같은 거 아세요? 부부가 소름 끼치게 닮았다니까."

"그건 좀 실례인데. 내가 어딜 봐서 김정호야?"

유리는 진심으로 불쾌한 듯 뾰족 눈을 뜨고 보았다. 사랑은 사랑이고, 동류는 사절이다.

"그 헐렁이랑 나를 같은 선상에 놓고 보면 안 되지."

"네에, 실례했습니다."

그래도 모를 리 없다. 김정호와 김유리, 한국대 법대 출신 부부로 전설이 된 두 사람의 사랑이 얼마나 깊고 깊은지를.

후배의 태연스러운 사과에 씩 웃은 유리가 물었다.

"그런데 직원은 왜 아무도 안 보여? 바리스타는?"

"아, 알바생은 잠깐 심부름 갔고 바리스타는……."

"응."

유리는 커피를 마시며 대답을 기다렸다. 형식적으로 건넨 질문이긴 하지만 궁금하긴 했다. 이 변호사가 내려 준 커피도 아주 맛있긴 했지만, 지난번에 와서 마신 바리스타의 커피가 꽤 훌륭했었으니까.

"아까 낮에 정 변이랑 싸우고 집에 갔어요."

"……싸워? 싸우고 집에 갔다고?"

정소영 변호사와 바리스타가 싸웠다는 것도 놀랍지만, 싸우고 집에 갔다는 것도 놀라웠다. 그때 본 바리스타는 꽤 순한 인상의 훈남이었는데. 성격도 좋다고 하지 않았던가. 게다가 정 변호사는 사람 자체가 온유한 봄바람 같은 이였다.

그런 두 사람이 싸우면 얼마나 싸운다고……

"말도 마세요. 아주 징글징글하게 싸워요. 둘이 계속 같이 일할 거면 사귀지를 말든가, 사귈 거면 공사 좀 구분하든가. 옆에 있는 저만 새우 등 터진다니까요."

"둘이, 사귄다고?"

유리는 여러 번 놀라는 중이었다.

"언제부터?"

"석 달쯤 됐나. 처음부터 서로 좋아하는 눈치는 있었는데, 아니나 다를까 사귀더라고요. 그런데 애인이나 부부 사이는 적당히 떨어져 있을 필요가 있어요. 온종일 붙어 있으니 안 싸울 것도 싸우고, 아주 전쟁터가 따로 없다니까요. 냉전 중일 땐 얼마나 눈치가 보이는지, 이건 정말 아니다 싶어요."

"두 사람이 격하게 싸울 스타일은 아닌 것 같은데."

"그런 스타일이 어디 따로 있나요. 연인끼리 죽고 못 살 때도 있고, 싸울 때도 있고 그런 거죠. 내내 카페 안에 붙어 있는 건 진짜 별로예요. 차라리 각자 시간을 좀 갖고 떨어져 있으면 사이가 더 좋을 것 같은데."

중간에서 고충이 꽤 컸는지 이 변호사는 절레절레 고개를 흔들었다.

"저도 남편이랑 같은 로펌에 있을 땐 미치겠더니, 요즘은 사이 엄청 좋아요. 나오길 잘했다 한다니까요."

"그랬구나."

"둘이 갈라서든가, 일터를 따로 잡든가 결단을 내려야 한다고 봅니다. 애초에 둘이 딱 붙어서 꽃길에 내디디면 처음이나 좋지, 금세 스텝 꼬이고 엉키고 방해만 되고 결국 진창 된다니까요."

유리는 마음이 복잡해진 얼굴로 고개를 끄덕였다.

곱창집.
준원과 새연은 정호를 붙들고 말했다.

"과연 유리가 좋아할까? 난 아니라고 본다."

"동감. 이건 김유리 입장도 들어 봐야 한다고 본다."

부부가 쌍으로 만류 작전에 들어갔다. 김정호 퇴사의 이유가 김유리에게 24시간 딱 붙어 있기 위해서라니.

"부부 사이에도 일정한 거리가 있어야지, 유리한테 온종일 붙어 있겠다는 네 야망은 후계자 전쟁에 뛰어들겠다는 것보다 훨씬 더 무시무시한 거라고."

"차라리 지분 싸움이 나을 수도 있어."

정호는 심란해졌다. 다른 사람들도 아니고 이준원과 한새연의 조언이니 더욱 그랬다. 이준원과 한새연이 누군가. 주변 사람들의 피부를 닭 털로 만들어 버리는 부부가 아니었던가. 애정의 깊이가 태평양 바다처럼 넓고 깊어서 가늠할 수조차 없는 두 사람이, 연신 이건 아니라고 말했다.

"너희는 내 마음을 이해해 줄 줄 알았는데……."

풀이 죽은 정호의 말에 준원이 대답했다.

"물론 이해는 하지. 눈뜰 때부터 감을 때까지 계속 보고 싶은 마음, 왜 모르겠냐. 너무 예쁘고 너무 좋아서 주머니에 넣고 다니고 싶은 마음, 나는 왜 없었겠어."

"저 봐. 저 봐. 그러면서 나만 갖고 그래."

"하지만 어느 정도 선이라는 게 있고, 그걸 잘 유지해야 관계가 원만하게 오래간다는 거, 너도 알잖아. 게다가 내 감정이 문제가 아니라 상대방에게도 숨 쉴 틈 정도는 줘야 하고."

새연이 고개를 끄덕이며 맞장구쳤다.

"이건 준원이 말이 맞아. 휴식이 있으니 다시 일할 수 있고, 공복이 있으니 식사도 맛있게 할 수 있는 거 아니겠어? 관계에도 어느 정도 거리가 필요하다는 의견에 나 너무 공감해."

"좋아한다고 주야장천 붙어 있다 보면 뜻하지 않게 지치고 질리는 일이 있지 않겠어? 더욱이 너, 김유리한테 온종일 두드려 맞으면서 십 년, 이십 년, 오십 년 살 수 있겠냐고."

"잠깐, 내가 맞는 게 왜 디폴트 설정이지?"

"일단 넌 맞을 짓을 하니까."

"나 이제 한 가정의 가장이고, 두 딸의 아버지다. 예전의 김정호가 아니야."

"그럼에도 불구하고 꾸준하게 맞을 짓을 하니까."

"일관성 하면 김정호지."

더 이상 부정할 수 없는 팩트 폭행에 정호는 입을 다물었다.

사람은 그리 쉽게 변하는 것이 아니다. 유리에게 장난을 걸다가 도가 지나쳐 등짝을 맞는 건 이제 숨 쉬듯 자연스러운 일이고, 어느새 세 돌이 지난 쌍둥이 딸들도 여상하게 받아들일 정도가 되었다. 가벼운 듯 진중하고, 한심한 듯 속이 깊은 김정호의 본 모습은 나이가 들어도 크게 변하지 않았다. 그런 와중에 유리의 등짝 스매싱도 여전했으니, 세월은 언제나 처음 만난 때에 머물러 있는 것만 같았다.

그럼 어쩌나. 유리에게 회사를 그만두고, 로 카페 1호점에 출근하겠다고 하면 정말 싫어하려나. 하지만 그간 함께 지내는 시간이 너무 적지 않았던가. 준원의 말대로 눈뜰 때부터 감을 때까지 보고 싶고, 주머니에 넣고 다니고 싶고……. 아니, 자면서 꿈에서도 보고 싶을 정도로 유리가 좋아 죽겠는데. 몇 년이 지나도 시들해지는 감정이 아니라, 안정감과 편안함이 더해지면서 오히려 더 좋아 미치겠는데.

가슴이 터져 죽을 것 같은 사랑은 얼마 가지 못한다는 걸 잘 알고 있다. 정호의 현재 감정도 그런 게 아니었다. 다만 정호가 유리를 보지 못한다는 건, 마치 공기 중 산소 농도가 떨어지며 점점 숨 쉬기 어려워진다는 말과 매한가지였다.

그렇게 5년을 견뎠다. 적어도 도리를 하고 나가기 위해선 그 정도의 시간은 필요하다는 생각으로 이를 악물었었다. 이제야 회사에서 나와 유리의 곁에서 온전한 삶을 살아갈 수 있다고 믿었는데.

'과연 유리가 좋아할까? 난 아니라고 본다.'

정호의 한숨이 깊어졌다.

곱창집에 정확히 한 시간 안에 도착한 유리는 가장 먼저 소주병부터 딱 잡았다. 화려한 스킬로 병을 뒤집어 흔드는 그녀의 얼굴이 더없이 밝았다.

"야아, 이게 얼마 만이냐. 오늘은 집에 들어가도 애들이 없다니. 술을 양껏 마셔도 된다니. 내일 늦잠을 자도 된다니!"

유리가 감격스러운 표정으로 친구들의 빈 잔에 소주를 따라 주자, 새연이 병을 넘겨받아 유리의 잔도 채워 주었다.

"자, 자, 일단 오늘을 즐기자. 건배!"

유리는 소주를 한입에 털어 넣고는 크흐, 행복함에 몸서리쳤다.

"이거지, 이거. 사장님! 여기 2인분 더 주시고, 부추도 좀 더 주세요!"

활달한 목소리로 추가 주문을 한 유리가 생글생글 웃으며 친구들을 보았다.

"그런데 분위기가 왜 이래? 무슨 일 있어?"

정호와 준원, 새연의 분위기가 아까 통화할 때와는 달리 어딘가 좀 처져 있었다. 특히 정호의 어깨가 축 내려간 게, 간식 훔쳐 먹다가 걸려서 주인에게 혼난 강아지 같았다.

"너네들, 뭐, 내 남편 드잡이라도 했어? 2대 1로 싸우는 건 비겁한 거 알지?

알겠지만 정호는 17 대 1로 싸워도 자기가 17인 쪽에 있어야 하는 애인데."

유리가 냠냠 곱창을 먹으며 말했고, 정호는 자신을 뼛속까지 이해해 주는 아내의 존재가 너무 든든해서 고개를 끄덕거렸다.

"암. 나는 다수 쪽이지. 원래 불의를 봐도 얼마나 잘 참았는데. 너랑 사니까 이렇게 피곤해진 거지, 내 인생은 원래 아주 평탄했다고."

"대신 심심하진 않잖아."

"지나치게 버라이어티한 느낌이 있긴 하지. 때론 심심한 삶이 그립긴 해."

"뭐, 그럼 결혼 물러? 다시 심심하게 한번 살아 볼래?"

"무슨 반응이 이렇게 극단적일까. 나 격렬한 게 취향이잖아. 지금 인생 아주 만족스러워."

두 사람을 보고 있던 새연이 유리의 잔을 채워 주며 물었다.

"2호점은 어때? 잘 돌아가고 있대?"

"응, 상담도 늘고 시스템도 잡혀 가나 봐."

"다행이다."

"역시 돈은 별로 안 되지만."

"돈 바랐으면 안 했겠지, 후배들도."

"정답."

다른 이들과 함께 3호점, 4호점 이야기도 진행되고 있으니 아마 내년쯤이면 가시화될 것 같았다. 유리의 뜻에 동참하여 한 길을 가고자 하는 이들이 조금씩 늘고 있는 요즘이었다.

"김유리, 처음에 로 카페 하겠다고 이 동네 들이닥쳤을 때만 해도, 이게 되나 싶었는데."

"이게 되네."

유리는 새연의 말을 받으며 생긋 웃었다.

벌써 오래전 일이 되었다. 로펌에서 나와 카페를 차리고 지금까지 달려온 시간을 돌이켜 보면 눈 깜짝할 사이 같기도 하고, 아득한 옛날 일 같기도 했다. 그러는 동안 정호와 사랑하는 사이가 되었고, 결혼도 했고, 아이들까지 낳았다. 새로운 인생이 펼쳐졌고, 그 길을 이제 정호와 함께 걷는 중이다.

"사실 김정호 없으면 불가능했지. 이게 다 정호 덕분에 일이 술술 풀린 거 아니겠어."

"내가 복덩이니까."

"암요, 암요."

유리가 눈을 찡긋하며 정호의 잔에 제 잔을 부딪쳤다. 힘든 시간을 함께 헤쳐 온 것만으로도 지금의 일상에 감사할 이유는 충분했다. 그러다 보니 유리는 조금 전 2호점에서 듣고 온 이야기가 생각났다.

"아, 맞다. 2호점 후배가 거기서 일하는 바리스타랑 사귄대."

"진짜?"

새연이 확 관심을 보였다. 역시 안정기에 접어든 부부에게 가장 재미있는 건 젊은이들의 설렘 가득한 연애사 아닐까.

"한 명은 결혼했다고 했으니까, 미혼인 후배?"

"응."

"2호점 바리스타 엄청 훈남이라며. 은강 씨도 그랬고 지금 1호점 일하는 분도 그렇고, 로 카페 바리스타가 대체로 훈훈하네. 근데 카페 연 지 얼마 안 된 거 같은데 벌써 사귄대?"

"종일 붙어 있다 보니 그럴 만도 하지. 정호랑 나도 그랬잖아. 건물에 붙어 있기 시작하면서부터 감정이 확 살았으니까."

그 말에 반가운 듯 정호가 목소리를 높였다.

"그치? 역시 좋아하는 사람끼리는 붙어 있어야……."

"그런데."

하지만 그런 정호의 말을 끊고, 유리가 말했다.

"사귀고 나서도 카페에 종일 붙어 있으니까 그렇게 자주 싸운다고 하대? 세상 순해 보이는 두 사람이었는데, 오늘도 한 사람은 싸우고 집에 가 버렸고, 한 사람은 기분이 팍 가라앉아 있더라고. 이래서 현실 사내 연애가 어려운 건가 싶고."

"……싸워?"

어쩐지 정호가 잔뜩 풀이 죽은 목소리로 물었다.

"응. 서로 열 받을 땐 손님이고 직원이고 안 보이나 봐. 살얼음판이 따로 없다더라. 2호점의 위기가 다른 것도 아니고 커플 싸움 때문에 온다면 그것도 참 어이없을 거야."

농담으로 하는 소리에 아무도 웃지 않자, 유리는 머쓱한 얼굴로 잔을 채웠다. 무슨 일인지 묘하게 어색한 공기가 감돌았다.

그때 새로 주문한 곱창이 나왔다. 유리는 먹음직스러운 곱창을 무쇠판에 올리며 물었다.

"뭐야, 너희들 아까부터 진짜 분위기 왜 이래. 무슨 일 있어?"

"나, 퇴사하려고."

정호가 할 말은 해야겠다는 듯 결연한 태도로 던지는 소리에 유리의 집게가 멈칫했다.

"……퇴사?"

음산하게 깔리는 목소리에 정호의 어깨가 흠칫 떨렸다. 새연은 눈을 동그랗게 굴리며 분위기를 살폈고, 준원 역시 숨을 참으며 괜히 젓가락을 집었다 놓았다.

하지만 분위기가 가라앉을 새도 없이 유리의 입술이 거침없이 열렸다.

"잘 생각했네."

촤아악, 곱창을 뒤집으며 가위로 석석, 자르는 손길 또한 시원시원했다. 노릇하게 익어 가는 곱창에서 맛깔스러운 기름이 뚝뚝 떨어졌다.

"김정호 성격에 5년이나 버텼으면 대단한 거지. 난 3년 정도 봤었는데, 생각보다 오래 있었잖아."

유리는 생긋 웃으며 손수 자른 곱창을 정호에게 먹여 주기까지 했다. 순순히 입을 열어 오물오물 받아먹으면서도 정호는 마냥 불안한 표정으로 물었다.

"진짜…… 그렇게 생각해? 나 회사 나와도 정말 괜찮아?"

유리가 무슨 문제가 있냐는 듯 어깨를 들썩거렸다.

"나오고 싶으면 나와야지."

유리다운 반응이면서도 예상보다 훨씬 시원스러워서 되레 조심스러운 기분이었다.

사실 정호는 애당초 두려움이 없었다. 퇴사한 후 유리의 옆에 24시간 붙어 있겠다는 원대한 계획이 있었기 때문에. 로 카페 1호점에 출근하면서 유리와 함께 일하겠다는 생각으로 퇴사를 결심했던 것이다.

그런데 유리가 도착하기 직전까지 준원, 새연이 그것만은 절대 안 된다며 말리지 않았던가. 부부가 24시간 붙어 있는 건 마냥 좋기만 한 일이 아니라면서. 정호의 꿈같은 환상에 찬물을 확 끼얹어 준 참이고, 별다른 대안을 마련하지 못한 채 유리가 도착했다. 게다가 2호점에 다녀온 유리가 하는 말을 들어 보니, 준원과 새연의 주장과 정확히 일치했다.

역시 같이 일한다는 건 무리일까. 24시간 붙어 있겠다는 건 말도 안 되는 로망이었던 걸까. 대안은 꺼낼 수 없는 상황에 일단 퇴사 이야기는 던졌고, 이제 그다음이 문제인데…….

"그래서."

유리는 아무렇지 않게 이어 물었다.

"퇴사 후 계획은?"

정호의 눈이 조금 커졌다. 올 것이 왔다는 듯이.

에라, 모르겠다. 유리가 뭐라 하든 그냥 1호점 출근하겠다고 질러 버릴까, 하는데 준원과 새연의 동공이 흔들렸다. 정호의 생각을 읽은 그들은 조심스레 고개를 저었다. 곱창을 뒤집고 자르고 먹기 바쁜 유리 모르게, 세 사람 사이 시선이 오갔다.

정호는 다시 근심에 휩싸였다.

"계획 없어?"

유리는 전혀 재촉하는 투가 아니었지만, 왠지 궁지에 몰린 듯 느낀 정호가 대뜸 외쳤다.

"없지! 계획이 어디 있어, 내가. 그런 거 없어. 난 계획 없이 사는 인간이야."

"기, 김유리 너 그러는 거 아니다. 다른 사람도 아니고, 김정호한테 계획 같은 거 물어보고 그러면 안 되지. 얘가 그런 게 어디 있어."

"그래, 김정호가 언제 계획 세우는 거 봤어?"

정호의 말에 얼른 새연과 준원이 지원 사격을 해 주었다. 분명 도와주는 말인데도 묘하게 찜찜한 기분이 들었지만, 일단 정호는 고개를 끄덕였다.

"맞아, 나는 내가 내일 뭐 먹을지도 모르는 사람이야. 앞일 같은 거 생각하고 사는 사람이 아니란 말이지."

이어지는 세 사람의 말을 멍하니 듣던 유리가 고개를 끄덕였다.

"그래. 김정호는 그런 사람이지."

알지, 알지.

"내가 꼭 퇴사하자마자 무슨 일 하라고 몰아붙이는 게 아니라 다른 생각이 있는 건지, 아님 좀 쉬려고 그러는 건지 궁금해서 물어본 거야."

괜히 미안해진 유리가 계속 이어 말했다.

"안 그래도 정호 출근할 때마다 어깨 축 처져서 나가고, 회사 가기 싫어하는 거 다 알았는데. 그래도 불평 없이 열심히 다니는 게 기특하다 싶었어. 아무래도 할머님 말씀이 있었으니 좀 더 버텨 보려 하는 것도 대단해 보였고."

그게 다 저 때문인 것도 유리는 알고 있었다. 정호가 적성에 맞지 않는 일을 하는 것도 알기에 고마운 마음도 있었다.

"정호 너야 다른 투자 건으로 들어오는 수입들도 있고, 퇴사가 우리 가계 경제에 큰 타격을 주는 것도 아니고, 언제든 그만두겠다고 얘기할 줄 알았어."

정호의 속을 알 리 없는 유리는 다정하게 말을 이어 나갔다.

"퇴사하고 우선 쉬고 싶은 만큼 좀 쉬어. 나중 일은 나중에 생각하자."

자신이 하루하루 치열하게 살아간다고 해서 정호에게까지 그걸 요구할 생각은 없었다. 그건 고등학교 시절 만난 이후로 지금까지 내내 한결같은 마음이다. 자신은 자신의 방식으로, 정호는 정호의 방식으로 살아가면 그뿐이다.

무엇이 옳고, 무엇이 그르다고 말할 수 없는 게 바로 각자의 삶. 따로지만 함께인 게 또 부부의 삶이 아니겠는가.

"일단, 김정호 백수 컴백. 축하해!"

유리는 가라앉은 분위기를 살리며 밝은 목소리로 잔을 들었다. 준원과 새연이 어색한 웃음 속에 건배했고, 정호는 얘기가 왜 이렇게 흘러가나 싶은 얼굴로 멍하니 잔을 부딪쳤다.

1호점에 출근하고 싶어도 출근할 수 없다니. 어쩌다 보니 백수 컴백. 추리닝 또라이의 귀환이었다.

6. 추리닝 또라이의 귀환

주택 건물을 개조한 어린이집 앞.

키가 훤칠하고 얼굴이 매우 멀끔한 남자가 푸른색 추리닝을 입고 막대 사탕을 입에 문 채 서 있었다. 장바구니를 들고 지나가던 중년 여성이 남자를 힐끔 보았다. 그리곤 어디서 봤는데, 하는 표정으로 고개를 갸웃하다가 마침 생각났다는 듯 돌아보았다.

"태한그룹! 그 손자 맞죠? 얼마 전에도 뉴스에 나왔던데!"

"아, 네. 제가 그 손자 맞습니다."

최근 뉴스에 나온 건 태한그룹 법무팀 소속 변호사로서 했던 인터뷰 때문이었다.

정호는 법무팀에 있는 동안 자의로 인터뷰를 자주 하며 그룹의 방향을 원하는 대로 끌어갔었고, 그 덕에 그룹 내에서 '또라이 변호사'로 불렸었다. 외할머니가 명예 회장, 큰 외삼촌이 현재 회장으로 그룹 실세니, 막강한 뒷배를 가진 정호를 대놓고 배척할 세력은 없었지만.

그러니 특이한 이력과 행보로 유리 못지않게 정호 역시 사람들의 관심을 끌고 있었다. 뉴스를 즐겨 본다면 알아보는 이도 꽤 될 정도로.

"그런데……."

정호를 아래위로 훑는 여자의 시선이 의아했다. 뭐 이런 본 투 비 백수가 다 있나 싶은 얼굴이다. 평일 낮에 추리닝을 입고 동네 어린이집 앞에 서 있는 모습이, 뉴스에서 보던 차림과는 영 달랐으니까.

"화면이랑 차이가 좀 나는 것 같기도 하고. 정장 입고 걸어 나오는 건 모델이 따로 없던데……."

하지만 정호의 근본은 바로 이 추리닝이었다. 퇴사 후 요 며칠 추리닝을 입고 동네를 어슬렁거리며 다녔더니, 그간 정장만큼이나 답답한 회사 생활을 어떻게 견뎠나 싶을 정도로 해방감이 느껴졌다.

화면과 다르니 뭐니 내뱉는 여자의 말은 좀 무례하게 들릴 수도 있었지만 정호는 별로 신경 쓰지 않았다. 얼굴이 알려진 후로는 이보다 더한 일도 수없이 겪었으니까. 세상엔 참 별사람이 다 있으니 말이다. 그러니 정호는 언제나 그렇듯 뻔뻔한 얼굴로 말을 이었다.

"화면과는 당연히 다를 겁니다. 보시다시피 실물이 훨씬 잘생겼으니까."

"잘생기긴 했네."

"그렇죠. 추리닝을 이 정도로 패셔너블하게 소화하는 것도 다 저니까 가능한……."

모르는 사람 앞에서도 넉살 좋게 제 자랑에 심취하던 그때.

"아빠!"

"아빠아!"

뒤쪽에서 들려오는 아이들의 목소리에 정호가 활짝 웃으며 뒤를 돌아보았다. 선생님과 함께 나온 여자아이들이 정호에게 와다다다 달려왔다.

햇살이 쏟아지는 낮. 그보다 더 눈부신 아이들이 제 품으로 날아들었다.

단 그리고 진. 네 살짜리 쌍둥이 자매를 데리러 오는 지금이 정호에겐 너무도 행복한 시간이었다.

"선생님. 오늘도 고생 많으셨습니다."

단과 진을 양쪽에 안아 올린 정호가 교사와 하원 인사를 나눈 후 돌아섰다. 원래는 마미가 손녀들의 하원을 책임져 주곤 하셨는데, 퇴사 이후로 정호가 바통을 이어받았다. 여전히 매니저 일을 하시며 오후부터는 단과 진을 돌봐 주시던 마미도 당분간은 카페에 전념하시게 됐다.

퇴사한 지 얼마 되지 않았지만 정호는 슬슬 초조해지기 시작했다.

나도 카페에 나가서 일해야 하는데. 그래야 유리를 조금이라도 더 볼 수 있을 텐데. 일단 회사는 그만두었고, 계획은 있었는데 없어진 상황. 백수 생활이 천직인 건 맞지만 이제 두 딸의 아빠로, 한 집의 가장으로 마냥 놀기만 할 수는 없는 노릇이었다.

로 카페 출근에 대해 유리와 터놓고 얘기할 때가 되었다는 생각이 들었다.

사실 24시간 붙어 있는 것도 우리라면 괜찮지 않을까. 자신이 유리에게 질릴 일은 절대 없고. 싸울 일도 더욱 없고. 사실 두 사람은 싸운다기보다 제 쪽이 유리에게 일방적으로 혼나는 경우가 많은데, 그 정도야 일상다반사니 아무 문제 없는 게 아닐까. 그러니까 우리 둘은 24시간 함께 있어도 괜찮은데.

"자, 이제 엄마 카페에 그냥, 슬쩍, 가볍게 한번 들러 볼까?"

"집에 가는 길이니까?"

"그럼, 그럼. 공교롭게도 집에 가는 길에 딱 엄마 카페가 있으니까."

사실 한 블록 돌아가는 길이긴 하지만 얼추 지나가는 길이라고 우길 정도는 되었다.

"엄마가 우리 보고 싶어 하니까?"

"그렇지, 그렇지. 아무리 바빠도 엄마는 우리 단이랑 진이 얼굴 보면 힘이 나니까."

단과 진이 번갈아 하는 말에 정호는 적극적으로 대답해 주었다.

유리는 그가 이제 퇴사한 지 일주일도 안 되었고, 그간 회사 생활 하느라 힘들었을 테니 집에서 푹 쉬라고 했었다. 이런 상황에서 아이들은 훌륭한 명분이 되어 주었다. 유리가 퇴근할 때까지 집에서 기다리기 힘들었던 정호는 아이들이 엄마에게 가고 싶어 했다는 핑계로 카페에 들렀다 오곤 했다.

하지만 이것도 벌써 사흘째. 카페에 그만 좀 오라며 유리가 버럭 할 시간도 얼마 남지 않았다. 슬슬 다른 명분을 만들어야 할 텐데, 하고 정호가 속으로 머리를 굴릴 때였다.

"아빠, 단이는 놀이터 너무 좋아하는데?"

"진이도 놀이터 좋아하는데."

카페에 도착하기 전, 막 놀이터를 지나는 길이었다.

"음, 그래. 그럼 조금만 놀다가 가자."

"꺄아아아."

"끼야!"

놀이터에 들어서자마자 단과 진은 두 팔을 벌리고 뛰어 들어갔다.

"그렇지. 엄마 카페에 가는 것보단 노는 게 좋긴 하겠지."

딸들의 신난 뒤통수를 바라보며 정호는 고개를 끄덕거렸다. 단과 진은 할머니와 함께 놀이터에 자주 왔었는지, 익숙하게 미끄럼틀을 타며 놀기 시작했다. 정호는 두 딸이 잘 보이는 곳으로 가서 벤치에 앉았다. 여차하면 아이들 쪽으로 뛰어나갈 수 있는 위치였다.

옆에 있는 벤치에도 아이들이 노는 곳을 지켜보고 있는 엄마들이 있었다. 거리가 가깝다 보니 그녀들의 대화가 귀에 들려왔다.

"채니 아빠가 정말 그랬어? 하 참, 바람을 밥 먹듯이 피워 놓고 어디서 먼저 이혼을 하재, 뻔뻔스럽게."

"법대로 하면 돼요, 법대로."

놀이터에서 오갈 대화는 아닌 것 같은데. 그냥 듣고 있어도 되나 싶을 만큼 사적인 내용이었다.

일부러 들으려는 마음은 전혀 없었기에, 정호는 조금 멀리 떨어진 곳으로 옮겨 앉기 위해 몸을 일으키려 했다.

"그러다 진짜 법대로 하면 어떡하려고? 애 아빠 돈도 많은데 비싼 변호사부터 살 거 아냐. 채니 엄마는 이혼하기 싫다면서."

"어차피 바람이야 노상 피웠던 거고, 지금까지 참았는데 이제 와 이혼은 무슨 이혼? 내가 바보도 아니고, 절대 안 해 줄 거예요."

"무슨 대책이라도 있어? 채니 아빠라면 소송 준비 단단히 할 텐데, 정말 위자료도 못 받고 이혼당하면 어떡하려고 그래. 그러고도 남을 사람이라며."

"걱정 안 해도 돼요. 우리 언니도 이혼했잖아. 그때 변호사가 그랬었대요. 유책 배우자? 뭐 그 있잖아요. 잘못 있는 쪽. 그쪽에서 먼저 이혼 요구하는 건 안 먹힌다고. 소송하고 싶으면 하라죠. 어차피 소용없을 텐데요, 뭐."

"아, 그런 거야? 그럼 다행이고."

두 여자가 대화에 몰입하느라 주변 상황을 살피지 못하고 있던 그때였다.

"민법 제840조."

누군가의 목소리가 들려왔다. 흠칫 놀란 두 여자는 옆을 돌아보았다.

"'재판상 이혼 원인. 부부의 일방은 다음 각호의 사유가 있는 경우에는 가정 법원에 이혼을 청구할 수 있다.'"

어느새 그녀들의 벤치 끝에 와서 다리를 꼬고 앉은 남자가 낮은 음성으로 말하고 있었다. 흡사 화보 촬영이라도 하는 듯 근사한 자세지만, 입고 있는 옷은 그저 추리닝이었다.

두 여자는 뭔가 싶은 얼굴로 눈을 껌뻑거렸다.

"일, 배우자에 부정한 행위가 있었을 때. 이, 배우자가 악의로 다른 일 방을 유기할 때. 삼, 배우자 또는 그 직계 존속으로부터 심히 부당한 대우를 받았을 때."

그녀들은 남자가 또렷한 음성으로 하는 말을 멀뚱멀뚱 들었다.

"사, 자기의 직계 존속이 배우자로부터 심히 부당한 대우를 받았을 때. 오, 배우자의 생사가 3년 이상 분명하지 아니한 때."

희한한 자태의 남자였다. 아무렇게나 걸쳐 입은 추리닝은 촌스럽기 그지없었으나, 깎은 듯 잘생긴 얼굴이나 탄탄하고 긴 팔다리는 그 자체로 명품 같았으니 참으로 묘한 조화였다.

거기에 살짝 좁힌 미간과 진중한 눈빛은 범상치 않은 기운을 뿜어냈으나, 몰골만 보면 또 영락없는 백수건달 같고. 정체가 뭐지. 신개념 또라이인가.

"……저기, 근데 누구세요?"

"저는 저쪽에서 미끄럼틀을 타고 있는, 4세 쌍둥이 여아의 아버지 되는 사람입니다."

남자가 가리키는 쪽으로 시선을 돌리자 쌍둥이로 보이는 여자아이들이 까르르 웃으며 미끄럼틀을 타고, 그네를 향해 달려가는 모습이 보였다.

채니 엄마 옆에 있던 지인은 가만히 듣고 있다가 물었다.

"변호사, 뭐 그런 일 하시나? 아는 게 많으신 것 같네."

평일 대낮에 놀이터 한복판에서 추리닝 차림으로 전문적인 법률 지식을 전하는 인물이 흔한 건 아니었으니까.

그가 천재적인 머리로 한국대 법대를 수석 입학하고, 최연소로 입소한 사법 연수원 역시 수석으로 수료한 엘리트였다는 걸 알 리 없었다. 전직 검사였고, 얼마 전까지 태한그룹 법무팀 변호사로 재직했던 법조인이라는 것 또한 지금의 차림만 보고는 전혀 상상할 수도 없었다.

본인이 무엇이든 상관없다는 듯, 남자는 아무렇지 않게 말을 이었다. 아까 읊어 나가던 조항의 마무리였다.

"마지막 육, 기타 혼인을 계속하기 어려운 중대한 사유가 있을 때. 이상이 민법 제840조에 의거한 이혼 청구가 가능한 경우입니다. 이때 잘못한 배우자로부터 피해를 받았다면 당연히 이혼 소송 신청을 할 수가 있겠지만, 잘못을 저지른 당사자, 즉 유책 배우자는 소송할 수 없게 되어 있습니다."

"……그죠? 맞죠? 잘못한 놈 말은 법원에서도 안 들어 주는 거죠?"

그제야 이혼 이야기의 당사자, 채니 엄마의 눈이 번쩍 뜨였다. 끝까지 들어 보니 제 편을 들어 주는 말이었다. 이에 추리닝을 입은 남자, 정호는 진지하게 말했다.

"2003년 5월에 선고된 대법원 판례에 따르면, 혼인 생활의 파탄에 대하여 주된 책임이 있는 배우자의 이혼 청구는 원칙적으로 허용이 되지 않는다, 고 하죠. 즉, 유책 배우자의 이혼 요구는 법원이 인정해 주지 않는다는 건데요. 이는 잘못이 없으면서도 이혼까지 당하게 되는 피해자의 보호를 위해 마련된 구제 조치라고 보시면 됩니다."

"거봐. 걱정할 필요가 없다니까요. 잘못은 그놈이 했는데, 내가 왜 이혼을 당해."

의기양양해진 채니 엄마가 목소리를 높였고, 지인 역시 안도의 숨을 쉬며 말했다.

"아휴, 그럼 다행이네. 채니네 아빠가 하도 똑똑한 사람이라 걱정이 됐거든. 바람을 밥 먹듯이 피우면서도 혼자만 잘났지, 아주."

그러면서 채니 엄마의 지인은 정호에게 친밀하게 말을 건넸다.

"내가 그만큼 당했으면 진즉에 이혼부터 했을 텐데. 여기 채니 엄마는 사람이 순해서 그걸 참고 또 참고, 지금껏 내가 다 속상했지 뭐예요."

"제가 순해서 그런 게 아니라, 사실 처음엔 저도 이혼하려고 했었죠. 그런데 현실적으로 그게 어디 쉽나요. 이혼하고 싶으면 그냥 다 놓고 맨몸으로 나가라고 하는데."

"그랬었어?"

"네, 처음 드리는 말씀인데. 그땐 그랬었어요. 이혼하자고 하니까 안 해 준다면서 어디 자신 있으면 해 보라고 하더라고요. 무슨 수를 써서라도 저한테 한 푼도 안 주고 내보낼 거라고……."

기가 막힌 일이었다.

"어머, 그런 게 어디 있어? 자기가 잘못해 놓고 빌어도 모자랄 판에, 위자료 한 푼도 안 주고 쫓아내겠다는 심보가 도둑놈 아니면 뭐냐고. 채니 아빠 보기보다 더 못된 사람이었네!"

"그러니까 잠자코 그냥 살라고. 이혼 안 해 주겠다고 하더라고요. 이렇게 말을 바꿀지 몰랐지만."

지인은 채니 엄마를 향해 답답한 듯 말했다.

"그러게 바람피우는 증거 딱딱 모아 놓고 해서, 채니 엄마가 먼저 소송했어야지. 위자료도 왕창 받아 내고."

채니 엄마가 길게 한숨을 내쉬었다.

"절대로 이혼 안 해 준다고 하니 저도 자신이 없더라고요. 그 사람은 허투루 하는 소리가 없거든요. 내가 비싼 변호사를 살 능력이 있는 것도 아니고, 그러다 정말 맨몸으로 쫓겨나면 그땐 어떡하나 싶어서……."

"아휴, 속상해."

"그래도 채니 키워야 하니까 어떻게든 참고 살았는데, 그땐 그렇게 이혼하기 싫다던 사람이 이제는 이혼하자고 난리니 기가 막히네요. 휴우, 그런데 이혼하면 결국 채니 아빠만 좋겠지 생각하니 절대 해 주고 싶지 않더라고요."

"그래, 안 보고 사는 게 제일 좋겠지만 이혼 안 한다는 것도 이해 못 할 일 아니야. 위자료도 안 주려던 사람이 재산 분할은 제대로 해 주겠냐고. 채니 엄마만 더 힘들어지지.”

“네. 살길 막막해서라도 이혼은 절대 안 돼요.”

“잠깐. 바로 그런 태도가 문제 될 수 있습니다.”

“네?”

“그래서 제가 외람되지만, 이렇게 대화에 끼어들게 된 거고요. 말씀 안 드리면 모르실 것 같아서.”

자신들의 대화에 어느새 쑥 들어와 있는 정호 앞에서 스스럼없이 속 애기를 하던 채니 엄마가 멈칫했다.

문제가 된다니?

“무슨 문제가 되는데요?”

“채니 어머님의 경우에는, 상대가 유책 배우자라 할지라도 충분히 이혼이 성립할 수도 있다는 말씀이죠.”

“네?! 그런 게 어디 있어요? 잘못한 사람이 먼저 이혼하자는 건 어차피 안 된다면서요? 그런데 왜, 그 사람이 의사고 돈이 많아서 법도 그 사람 편을 들어 준대요?”

채니 엄마는 발끈해서 소리쳤다. 누가 봐도 속상한 표정이었다. 지금껏 마음고생이 얼마나 많았을까, 그 지난한 세월이 얼굴 위로 그려졌다.

“나는 가진 것도 없고, 남편 등이나 바라보며 사니까, 법원도 날 무시한대요? 내가 이런 것 때문에 그래도 의사 사모 소리라도 들으면서 살려고, 우리 채니 번듯한 집안에서 키우려고 이날 이때까지 참았던 건데!”

“그러니까 채니 어머님.”

정호는 진지한 눈빛으로 물었다.

“확실하게 여쭤볼게요. 배우자에게 잘못이 있긴 하지만 이혼을 원하지 않으시는 거 맞죠?”

"네, 전 원하지 않아요. 이혼해 봤자 저한테 유리한 게 없다니까요. 지금까지 참았는데 앞으로 더 못 참겠어요?"

"이혼은 싫지만, 정상적인 혼인 관계를 유지하고 싶은 마음도 없으시고요."

"네. 지금 거의 부부도 아니에요. 저는 채니 방에서 잔 지 오래됐고, 서로 말도 거의 안 섞어요. 이젠 평생 믿고 살 남편으로 보이지도 않고, 전 그냥 채니만 있으면 돼요. 그래도 이혼하지 않으면 경제적으로는 어려운 게 없으니까, 지금처럼 참고 채니만 잘 키우면서⋯⋯."

"다시 말씀드리지만 채니 어머님 경우에는 민법 제840조 제6호에서 말하는 '기타 혼인을 계속하기 어려운 중대한 사유가 있을 때'로 보고 이혼이 성립할 수 있다고 판단할 순 있습니다. 물론 유책 배우자의 이혼 청구는 불가한 게 맞고요. 하지만 2004년 대법원 판결에 의하면."

채니 엄마는 뭔가 싶어 눈을 둥글게 뜨고 다음 말을 기다렸다.

"'상대방도 파탄 이후 혼인을 계속할 의사가 없음이 객관적으로 명백한데도 오기나 보복 감정으로 이혼에 응하지 않고 있을 뿐이라는 등 특별한 사정이 있는 경우, 유책 배우자의 이혼 청구가 허용된다'라고 했거든요."

"네에? 그 말은⋯⋯."

"지금 이런 마음과 태도로 임하시면, 소송은 채니 아버님 뜻대로 진행될 가능성이 있고."

정호는 팔짱을 낀 채 그녀들을 바라보며 말을 이었다.

"아마도 채니 아버님 쪽은 이러한 부분까지 파악을 끝냈기에 이혼 소송을 제기하려는 것으로 추측이 됩니다만."

"허, 진짜요?!"

채니 엄마는 그저 자신이 유리할 거라고만 생각하고 있다가, 뒤통수를 세게 얻어맞은 듯 멍한 표정을 지었다.

그래, 그렇게 똑똑한 사람이 '유책 배우자의 이혼 청구는 성립하지 않는다'

는 사실을 몰랐을 리가 없었는데. 그런데도 뻔뻔하게 소송을 강행하겠다는 데에는 속셈이 있던 것이다. 상대가 제대로 된 혼인 생활을 유지하려는 노력을 보이지 않으면, 유책 배우자의 이혼 청구라 해도 받아들여진다는 것이었다.

'이제 부부도 아니다', '평생 믿고 살 배우자로 보이지도 않는다', '누구 좋으라고 이혼? 절대 안 해 줄 거다', '아이만 키우면 된다', '경제적인 이유로 이혼할 수 없다' 등. 이러한 채니 엄마의 입장은 법원에서 볼 때 결코 혼인 생활을 유지하고자 하는 노력으로 볼 수 없다는 말이었다.

채니 엄마는 등줄기가 서늘해지고 식은땀이 흘렀다. 남편은 능력 있는 전문 변호사에게 상담을 받았을 테니 이런 부분쯤은 당연히 캐치하고 있었을 터였다. 그는 제게 줄 위자료나 양육비는 아까워도 변호사에게는 기꺼이 목돈을 싸 들고 갈 사람이었다. 아마도 빈틈을 찾고 또 찾아 승소에 유리한 상황을 만들어 갈 것이고.

안일하게 생각하던 저는 미처 알지 못한 부분이었다. 부부 사이에도 돈이 권력처럼 느껴져 비참할 때가 한두 번이 아니었는데, 이제 법마저 제 편이 아니라는 사실이 절망스러웠다. 이대로 있다가는 억울하게 이혼당하고 힘든 상황에 놓이게 될 것이다.

채니 엄마는 눈앞이 캄캄해졌다. 속이 타고 마음이 갑갑해 눈물이 글썽 돌았다.

"그럼 저는 어떻게 해야 할까요? 당장 비싼 변호사를 선임할 여유는 없어요, 제가. 동생 말을 들어 보니 유명한 이혼 전문 변호사들은 몸값이 장난 아니라던데……. 제 일처럼 열심히 싸워 주는 변호사를 만나는 것도 천운이라 하고, 돈 없으면 그런 천운조차 기대하기 어려울 거 아니에요."

"음."

이에 추리닝을 입은 남자는 잠시 진지한 얼굴로 생각에 잠겼다가 입을 열었다.

"일단."

"네, 일단……."

"제가 잘 아는 변호사가 있는데, 상담 한번 받아 보시죠. 이혼 소송 전문 변호사는 아니지만 전방위에서 맹활약하고 있는, 멀티플레이어라고나 할까."

제 일처럼 열심히 싸워 줄 사람.

정호는 제대로 된 변호사를 알고 있었다.

놀이터를 뒤로하고, 한 무리의 사람들이 골목을 걸었다. 앞에는 단과 진의 손을 잡은 정호. 그 뒤로는 채니의 손을 잡은 채니 엄마. 그리고 그녀의 지인인 예준 엄마와 아들 예준까지.

세 남녀와 네 명의 아이들이 한 군단을 이루어 결연한 눈빛으로 향하는 곳은, 벚꽃 거리에 있는 로 카페 1호점이었다. 마치 정호를 센터에 두고 학익진 전법으로 출정하는 모양새였다.

"그런데요."

채니 엄마가 선두에 선 정호에게 슬쩍 질문을 던졌다.

"제가 이런 데 관심이 없어서 잘 모르는데, 그 로 카페라는 곳은 상담료 안 비싼 거 맞아요? 지금이라도 그냥 제대로 된 변호사 사무실에 갈까 해서요. 어차피 돈 나갈 거……."

정호에게 묻는 말이었지만 채니 엄마의 지인이 얼른 끼어들어 말했다.

"남편이 그동안 딴 주머니 찰 여유도 안 줬다면서 자기가 돈이 어디 있어서."

"빚이라도 내야죠……. 저도 가만히 앉아서 당하고 있을 수만은 없잖아요."

"말이 참 쉽다. 이래서 재판 한번 하면 집안에 기둥뿌리가 뽑힌다는 거지. 일단 속는 셈 치고 로 카페인지 뭔지, 한번 가 보자고. 여기선 제법 유명하잖아. 저번에 재연이 엄마도, 그 여자 변호사님한테 상담받고 집 문제 해결했다고 하지 않았어?"

"맞다, 그랬네요."

"상담료도 그렇게 비싸지 않았다고 했었고."

채니 엄마의 지인이 다시 정호를 보며 물었다.

"그런데 정말 로 카페 변호사분 남편 맞아요? 동네에서 들기론 그 남편이 재벌가 손자라고…… 태한그룹인가 거길 아주 쥐고 흔든다고, 뉴스에도 종종 나온다고 들었는데……."

그 사람이 진짜 이 사람인가, 도저히 믿을 수 없다는 표정으로 하는 말에 정호가 싱긋 웃었다.

"로 카페 변호사 남편도 맞고, 재벌가 손자도 맞는데. 태한을 쥐고 흔드는 건 잘 모르겠네요. 짤짤이에 소질이 없어서. 자, 다 왔습니다."

하나 마나 한 소리를 덧붙이며 정호가 문을 활짝 열었다.

처음 문 열었던 그 자리에 그대로 머물러 있는 로 카페. 이제는 2호점을 시작으로 분점이 곳곳에 생길 예정이니, 이곳은 당연한 듯 '1호점'으로 불리고 있었다.

"엄마아!"

"엄마!"

단과 진이 익숙한 듯 카페를 향해 들어갔고, 같은 또래인 채니와 예준도 덩달아 뛰어갔다.

"들어가실까요?"

네, 하고 고개를 끄덕인 채니 엄마가 정호의 뒤를 따랐다.

"아유, 우리 강아지들 왔네! 어린이집 잘 갔다 왔어?"

"응! 어린이집 잘 갔다 왔어!"

"갔다 왔어!"

마미는 종종 카페에 들르는 손녀들을 위해 색칠하기, 오리기, 스티커 북 등과 그림책 등을 상시 준비해 두었다. 마침 손님이 덜 오는 시간이라 마미는 아이들을 한쪽 테이블에 앉히곤 말했다.

"이거 봐라. 할머니가 스티커 북 새로 주문했지?"

"단이 할래."

"진이도, 진이도!"

'엄마'를 부르며 뛰어 들어왔던 아이들은 금세 할머니가 내민 스티커 북에 정신이 팔렸다.

"자, 여기. 그런데 너희들은 누구니?"

마미가 훌륭한 침투력으로 자연스레 자리를 차지하고 앉은 채니와 예준에게 말을 건네는데, 사위 정호가 들어섰다.

"손님 자녀분들입니다. 이쪽에 상담받으실 손님 오셨거든요."

그의 뒤로 젊은 여자 둘이 들어섰다. 단, 진과 함께 들어온 아이들의 엄마들인 모양이었다.

"아, 네, 어서 오세요."

금세 매니저 모드로 전환한 마미가 친절하게 웃으며 맞이했다.

140

"그런데 어쩌지. 오늘 예약된 상담은 다 끝났는데……. 변호사가 외근이 있어 지금 자리에 없고요."

"그래요?"

"어떡하지, 그럼?"

손님들이 바라보자 정호가 슬쩍 당황한 얼굴로 시계를 보았다. 유리의 외근은 계산에 없었다는 듯.

마미는 속으로 웃었다. 누가 모를까. 아내 보고 싶어서 날마다 핑계를 만들어 카페에 들르고 있는 저 귀여운 속내를. 물론 정신없이 바쁜 유리는 모르는 것 같지만.

오늘도 유리가 상담을 마무리하고 급히 나가려 하길래, 마미는 정호가 애들을 앞세워 올 시간이 얼마 남지 않을 것을 알고 붙들었다.

'벌써 가? 조금만 더 있다가 나가지?'

'아냐. 시간 맞추기 까다로운 의뢰인이라. 지금 연락 왔을 때 바로 가 봐야 해.'

결국 유리는 정호와 딸들이 쳐들어오는 모습을 보지 못하고 카페를 나섰다. 저 보고 싶어서 달려오는 남편 생각은 할 틈도 없어 보였다. 마미가 봐도, 어차피 퇴근하면 저녁에 집에서 보게 될 텐데 잠깐이라도 얼굴을 보겠다고 꾸역꾸역 찾아오는 정호가 유난스러운 편이긴 했다.

하지만 워킹 맘의 일상이란, 퇴근 후가 더욱 정신없는 법. 게다가 네 살짜리가 하나도 아닌 둘씩이나 되지 않은가. 아무리 손이 별로 안 가는 아이들이라 해도, 쌍둥이를 키우는 부부에게 알콩달콩 얼굴 맞댈 여유 따위는 거의 없을 것이다. 그러니 여기 와서 잠깐이라도 유리를 보면서 싱글싱글 웃는 정호가, 마미 눈에는 귀엽기 그지없었다.

그리도 내 딸이 좋을까. 그리도 내 딸이 사랑스러울까. 유리를 평생 사랑하며 살겠다는 사위의 다짐은 매일 단단한 벽돌처럼 굳건히 쌓아 올려지고 있었다. 두 사람의 모습은 보기만 해도 참 예뻐서 마미의 가슴이 다

뿌듯해졌다.

"그럼, 상담 날짜 따로 잡아야 해요? 내일은 되시려나?"

"변호사님이 그렇게 바쁘시면 제대로 상담이나 받을 수 있을까 모르겠네…….."

애들 엄마 둘이 번갈아 걱정스럽게 말했고, 마미는 안타까운 눈으로 바라보았다.

안 그래도 요즘 유리는 눈코 뜰 새 없이 바쁜 날들을 보내고 있었다. 카페에 밀려드는 상담이며 외부 업무도 많아서, 일 욕심 많은 유리의 하루는 24시간이 모자랄 지경이다. 이제 사무장도 있고, 카페에는 매니저인 마미 외에 바리스타와 아르바이트생들까지 도합 다섯 명이나 되어 전보다 인원이 늘긴 했다. 그래도 메인인 법률 상담 업무는 변호사인 유리가 도맡고 있는데, 몸이 두 개라도 부족할 판이었다.

유리가 육아 휴직을 가질 수 있도록 1호점에 대신 나와 도와주었던 후배 변호사도 두 사람이었다. 지금 2호점 운영도 그 둘이서 함께하고 있지 않던가. 정호가 태한그룹 법무팀으로 들어가기 전까지는 유리 옆에서 같이 일하긴 했으나 그것도 잠깐이었고, 유리는 내내 혼자 변호사 업무를 보았다.

안 그래도 유리는 1호점에서 함께 일할 변호사를 뽑아야 하나 고민하는 눈치였다. 카페를 분점으로 내어 운영할 사람이면 모를까, 현실적으로 이곳에 들어와 월급을 받으며 일할 변호사를 과연 구할 수 있을까 그게 문제였다. 금방 나갈 사람 같으면 애초에 들어오지 않는 게 나을 테니 말이다.

긴 상념 끝에 마미는 팔짱을 낀 채 정호를 쓱 보았다.

멀리서 찾을 거 있나. 가까운 곳에 이런 고급 인력이 있는데. 마침 정호가 퇴사도 했겠다, 남아도는 건 시간일 테고. 변호사 사무실을 열 것 같지도 않고, 딱히 다른 일을 할 생각도 없는 듯한데…….

그렇다면.

"음……."

그 옛날, 정호와 유리를 붙여 놓는 데 일등 공신이었던 마미의 입이 천천히 열렸다.

"상담은 우리 김 변호사님이 아주 잘하시죠."

시선은 정호에게 꽂힌 상태로 하는 말에, 채니 엄마가 안타까운 듯 말했다.

"그러니까, 그 김 변호사님이 출타 중이시라면서요."

로 카페에 오기 전까지는 상담을 해도 괜찮을까 미심쩍은 태도였지만, 막상 와 보니 지푸라기라도 붙잡고 싶어 애가 타는 듯했다.

"김 변호사는 김 변호사인데, 김유리 변호사 말고. 여기, 우리 김정호 변호사님이요."

마미가 손바닥을 펼쳐 정호를 척, 하고 가리켰다.

"실력이 어마어마하신 분이거든요. 상담은 물론, 소송에 자문까지. 모든 분야에서 못 하는 거 없이 다 잘하는 김정호 변호사님입니다."

일단 밀어붙여.

마미의 특기를 발휘할 시간이었다.

"뭐? 이혼?"

"응. 크게 복잡한 건은 아니야."

정호는 퇴근하고 집에 온 유리에게 쪼르르 다가가 오늘 있었던 일을 냉큼 고했다.

"그래서, 오늘 그 상담을 진짜 네가 했다고?"

정호는 유리가 벗어 둔 재킷을 얼른 주워 옷걸이에 걸며 대답했다.

"별수 있냐. 난 그럴 마음이 즈~언혀 없었는데, 어머님께서 하도 부추기시니 어쩔 수 없이 나섰지. 내가 데려온 손님이니까, 내가 책임질 수밖에. 책임감 하면 또 나 아니냐."

유리는 정호를 가만히 바라보았다.

그에겐 미안한 말이지만, 이렇게 카페에 나와서 함께 일하면 얼마나 좋을까 하고 여러 번 생각했었다. 안 그래도 점점 더 일이 많아지는 탓에 변호사를 뽑아야 할까 싶기도 했고. 하지만 모처럼 퇴사 후 휴식을 취하려는 정호에게 같이 일하자고 하는 게 괜한 재촉처럼 느껴질까 봐 말할 수 없기도 했었다.

"난 카페 나가서 일하는 거 전혀, 네버, 진짜, 완전 관심 없어서 그냥 당분간 좀 쉬었으면 좋겠는데. 뭐, 할 수 없지. 너 그렇게 바쁜데 모른 척할 수도 없고."

지금도 저렇게 말하고 있지 않은가. 김정호가 퇴사하자마자 또 성실하게 카페 나와 일하는 건 말이 안 되는 그림이긴 하다. 오늘 상담 하나 대신해 준 것만도 감지덕지해야지.

"알았어. 이제 그분 건은 내가 기록 보고 이어서 할게. 다음 상담 언제로 잡았어? 내 일정 보고 비어 있는 시간으로 잡은 거지?"

"아니, 그거……."

정호가 흠, 하고 헛기침을 하더니 말했다.

"그냥 내가 계속하지 뭐."

"응?"

유리는 생각지 못한 말에 눈을 동그랗게 떴다.

"네가 한다고?"

"어, 뭐. 워낙, 간단한 거니까 내가 맡아도 괜찮을 거 같은데."

"카페로 출근할 거야? 가능하겠어?"

"뭐, 종일 나가서 일하는 것도 아니고. 너 바쁘니까, 그 상담 하는 김에 다른 것도 몇 건 같이 소화하지 뭐."

"뭐? 진짜?"

이게 무슨 일이야. 토깽이 이놈이 자발적으로 일을 하겠다니. 유리는 믿기지 않는 얼굴로 눈을 깜빡거리며 그를 보았다.

"응, 오랜만에 놀려니까 좀 심심하기도 하고. 내 몸이 직장인 사이클에 너무 맞춰졌나 봐."

웬 떡인가. 유리는 놀라우면서도 진심으로 기쁜 마음이 들었다. 살짝 어안이 벙벙하기도 했다.

정호가 그런 그녀의 머리를 살짝 쓰다듬듯 만지고는 돌아서 주방으로 향했다.

"얼른 씻고 나와. 내가 아까 카레 기가 막히게 해 놨거든. 돈가스도 튀겨 줄게. 얹어서 먹자. 이게 또 끝내주는 조합……."

유리는 얼른 따라 나가 그의 말이 끝나기도 전에 뒤에서 허리를 꽉 껴안았다. 정호가 갑작스러운 백허그에 놀란 듯 멈칫했다.

"뭐야. 왜 또 훅 들어오냐. 떨리게."

"넌 진짜……."

유리의 목소리에 물기가 촉촉하게 어렸다.

"백수가 천직인 애가, 퇴사한 지 일주일도 안 돼서 일 도와주러 나오겠다니. 네가 날 진짜 사랑하긴 하나 봐."

정호는 약간 어이없다는 듯 가볍게 웃었다. 그리곤 유리의 손을 떼면서 몸을 돌렸다. 가만히 제 허리를 안고 마주 내려 보는 정호의 눈빛이 따뜻하고 그윽했다.

"김유리."

"응?"

"넌 나에 대해 모르는 게 너무 많은 것 같아."

유리가 어깨를 으쓱했다. 서로 안 게 몇 년이고, 같이 산 게 몇 년인데.

"모르는 게 많긴 뭐가 많아."

"내가 퇴사한 이유를 말하자면……."

"안 돼애애!"

"안 되지…… 응?"

정호의 말소리를 잡아먹으며 동시에 아래쪽에서 둘 사이를 가르며 파고드는 이들이 있었으니.

"안지 마! 안 돼!"

"둘이 떨어져. 떨어져!"

바로 단과 진. 자신들을 빼고 엄마, 아빠 둘이서만 안고 있으면 큰일 나는 줄 아는 딸들이었다.

"단이 안아 줘야지."

"진이도, 진이도!"

거실에서 블록 놀이를 하고 있던 단과 진이 주방 초입에서 안고 서 있는 엄마, 아빠를 보곤 냅다 달려온 것이다.

사이를 갈라놓는 두 딸 때문에 마음껏 안을 수도 없었다. 그렇다고 엄마, 아빠가 싸우는 건 더 싫을 거면서, 둘이서만 깨 볶는 건 어째서 안 된다고 성화인지 알다가도 모를 노릇이다.

정호와 유리는 불시에 어엇, 하고 떨어졌다가 이내 웃으며 아이들을 하나씩 들어 올렸다.

"그래, 단이랑 진이도 같이 안아야지."

네 식구가 한 덩어리가 되어 얼싸안았다. 그제야 만족한 듯 단과 진이 까르르 웃으며 말했다.

"우리는 서로 무척 사랑해!"

"아빠랑 엄마랑 단이랑 진이랑 오래오래 행복하게 살 거야!"

한창 말 배우는 아이들이라 언젠가 책에서 읽어 준 듯한 문장들이 마구잡이로 튀어나왔다. 문어체로 종알대는 쌍둥이가 너무 귀여워 정호와 유리는 웃음을 터뜨렸다.

비록 서로를 독차지할 기회는 잃었지만, 함께라서 더없이 포근하고 따뜻한 포옹이었다.

로 카페 1호점 사무실.

정호는 슈트까진 아니었지만 제법 말끔한 셔츠와 슬랙스 차림으로 출근했다. 점심 전에 채니 엄마가 상담하러 오기로 해서였다. 유리는 먼저 출근했고 정호가 아이들을 챙겨 어린이집에 보낸 후 나왔지만, 예정보다 이른 시간이었다.

그는 유리의 업무도 좀 봐주고, 유리의 얼굴도 좀 보고, 그렇게 일석이조의 기쁨을 누릴 생각으로 서두른 것이다. 그런데 사무실 문을 열고 보니 유리는 오전부터 외근 나갈 준비를 하고 있었다.

"뭐야, 아침부터 나가?"

"응. 밖에서 만나기로 해서."

"어제 그 의뢰인?"

"응."

"나 할 얘기 있는데."

"이따 해, 이따."

귀를 닫고 무심히 가방만 챙기고 있는 유리를 보니 어쩐지 심통이 났다.

어제 단과 진이 끼어든 통에 유리와 진지하게 대화를 마무리할 시간이 없었다. 저녁을 먹고, 아이들을 씻기고, 재우고 하다 보니 아이들 옆에서 잠이 들어 버렸고. 그래서 정호는 단순히 카페 일을 잠깐 도와주려는 게 아니라, 사실은 네 옆에서 계속 같이 일하고 싶다는 말을 할 기회를 놓친 것이다.

유리는 상담 조금 도와주는 것만으로도 '네가 날 사랑하긴 하나 보다.'라고 했었다. 겨우 그 정도가 아닌데. 아무리 백수가 천직이어도, 김유리를 위해서라면 밤낮으로 노동할 준비가 충분히 되어 있는 날 대체 뭘로 보고.

그러니 오늘은 제대로 각 잡고 얘기해야지, 했다.

너 힘든 거, 괴로운 거, 바쁜 거, 슬픈 거, 내가 다 나눠 가질 테니 24시간 붙어 있게 해 달라고. 귀찮게 하지도, 질리게 하지도 않을 테니 옆에 있게 해 달라고. 남들은 몰라도 우리는 24시간 동안 같이 있어도 절대 트러블이 없을 거라고.

정호는 그 말을 할 틈만 엿보는 중이었다.

그런데 저와의 대화에는 단 일 분도 쓸 수 없다는 듯 정신없이 나갈 준비를 하는 유리를 보니 괜히 심술이 났다. 우려가 사실일까. 역시나 유리에겐 일정 거리가 필요한 걸까.

게다가 얼마나 대단한 의뢰인이길래 카페로 직접 오지 않고 유리를 자꾸 밖으로 불러내는 것인지. 마음 같아선 같이 따라나서고 싶지만, 채니 엄마의 상담이 있으니 그럴 수도 없었다.

"바쁜 사람을 왜 오라 가라 한대? 그냥 카페로 오라고 하면 안 되는 거야?"

"응, 안 돼. 그리고 바쁘긴 그쪽이 더 바쁠걸?"

기껏해야 상담 아닌가. 소송 의뢰도 아니고. 그런데 유리가 왜 이렇게

까지 하는지 슬슬 이해가 되지 않기 시작했다.

"뭐야, 대체 누군데 네가 이렇게 편의를 봐줘?"

"준원이 소개로 상담하는 분이야. 저번에 준원이가 영화 촬영 때 요리 지도했던 거 기억나지? 그때 만났었대. 서윤성."

"아아, 서윤성. ……서윤성?!"

정호가 우뚝 멈춰 섰다.

서윤성이라면, 강렬하고 남성적인 이미지를 바탕으로 톱스타 반열에 오른 배우가 아닌가. 최근 개봉한 액션 영화는 서윤성의 티켓 파워로 연일 흥행 가도를 달리는 중이고, 곧 천만 관객을 돌파할 거란 예상이 나오고 있었다. 현재 대단히 핫한 배우였다.

"그, 배우 서윤성?"

"맞아. 늦겠다, 그럼 나 간다."

유리가 정호를 확 하니 지나쳐 홀에 있던 마미와 직원들에게 인사를 건네고 밖으로 나갔다. 정호는 그 모습을 멍하니 바라보았다.

어쩐지 가슴이 쿵쿵, 불안한 북소리를 내며 울렸다.

"변호사님, 감사해서 어떡해요……."

채니 엄마가 정호에게 연신 고맙다며 고개를 숙였다. 어제는 이 사람을 믿어도 되나 조금 미심쩍은 얼굴이었다면, 두 번째 상담을 끝낸 오늘은 무척 고마워하고 있었다.

"저 변호사님 아니었으면 넋 놓고 가만히 있다가 뒤통수 맞았을 거예요."

"지금부터가 중요합니다. 마음 굳게 먹으셔야 할 거예요."

채니 엄마는 이제 와 이혼하고 빈털터리로 살 자신이 없다며 내키지 않는 결혼 생활을 이어 가려고 했던 생각을 버렸다. 마음을 바꾼 것이다.

경제적인 이유와 자녀 문제로 비참한 혼인 관계라도 유지하겠다던 의지는 오기요, 복수심이 맞았다. 그리고 그런 태도가 오히려 남편에게 빌미를 줄 수 있다니 이제 소극적으로 웅크리고만 있을 이유는 없다. 조금 두렵고 겁이 나지만, 채니 엄마는 제힘으로 한 발짝 나서고자 했다.

"이혼 소송이란 게, 정말 지저분한 밑바닥까지 다 봐야 끝이 나요. 진행하는 동안 아마 마음 다칠 일 많으실 거고, 주저앉고 싶으실 때도 많으실 거예요."

"네, 알아요……. 저희 언니도 이혼해서, 옆에서 봐 알아요. 사실 그 과정을 다 봤으니 지레 겁이 났던 것 같아요. 애 아빠가 모진 사람이기도 해서 전 꼼짝없이 당하기만 할 거라고, 그냥 무섭기도 했고요."

"아무래도 그러셨겠죠."

"그런데 변호사님이랑 얘기하다 보니, 제가 그럴 필요 없는 거였잖아요."

채니 엄마는 이혼으로 가닥을 잡았다. 이제라도 채니 아빠의 유책 증거를 모으고 이를 토대로 위자료 청구뿐 아니라 이혼 시 정당한 재산 분할, 양육권 문제 또한 따져야 하니 갈 길이 멀었다.

"이혼해 주지 않겠다고 어깃장만 놓고 있었으면 오히려 잃을 게 많았을 텐데. 변호사님이 잡아 주신 덕분에 길이 보여요."

"제가 한 게 뭐 있다고요. 하루 만에 마음 바꿔 결단을 내리신 채니 어머님이 대단하신 겁니다."

"앞으로, 끝까지 잘 부탁드릴게요."

채니 엄마는 상담에 이어 소송까지 정호에게 맡기기로 했다. 이혼 쪽으로 승승장구하는 다른 전문 변호사를 소개해 주려고 했었지만, 채니 엄마는 정호가 해 주길 바랐다. 정호는 상담에 이어 얼떨결에 사건 수임까지 하게 되었다.

"그런데 정말, 이혼하셔도 괜찮으시겠어요?"

"……네. 어차피 제대로 돈을 받을 수만 있다면 사는 거야 문제가 안 될 테고. 우리 채니 때문에 참으려 했었는데, 이런 비정상적인 가정 환경에서 자라는 게 결코 채니한테 좋은 일은 아닐 거란 생각이 들었어요."

채니 엄마는 채니를 생각하면 가슴이 미어지는 듯 아픈 음성으로 말했다.

"무엇이 더 아이를 위한 길인지 그건 채니만 알겠죠. 아마 나중에는 절 원망할지도 모르겠어요. 그냥 엄마가 더 참고 살지, 이혼하지 말지, 날 이혼 가정에서 자라게 하지 말지, 하고요."

"……."

"무엇이 됐든, 전 그냥 채니에게 평생 미안해하면서 살 것 같아요. 이건 어른들의 일이니까, 채니는 선택조차 할 수 없는 거잖아요. 이혼하든 안 하든 결국 미안해야 한다면, 엄마가 조금이라도 웃는 모습을 더 보여 주는 게 좋지 않을까……."

지금은 억지로도 웃기 힘들다고 했다.

"제가 좀 더 행복한 얼굴로 채니를 대하려면…… 아무래도 이혼이 맞는 것 같아요."

부모의 불행한 결혼 생활이 아이에게 미칠 영향을 생각하면, 인내가 미덕이라 말할 순 없는 거였다. 그러니 채니 엄마는 두려움을 이겨 내고 큰 결심을 했다. 행복해지기로.

"실제 소송을 진행하더라도 판결 선고까진 드문 경우고, 재판 중에 조정으로 마무리되는 경우가 많습니다. 될 수 있으면 협의 이혼으로 진행하는 게 좋긴 하고요. 일단 저도 원만한 쪽으로 노력해 보겠지만, 상대가 전혀 그럴 의사를 안 보이고 문제가 되는 부분이 많다면 끝까지 가야겠죠."

"변호사님이 같이 싸워 주실 거죠?"

"물론입니다."

든든한 편이 생긴 듯 채니 엄마의 표정도 어제보다 한결 편해졌다. 앞으로 할 일이 많겠지만 그래도 걱정은 한시름 덜어 낸 얼굴이었다. 그 모습을 보니 정호의 코끝이 짠해졌다. 기업 법무팀에만 있다가 이렇게 사람 사이로 스며든 건 꽤 오랜만이었다.

사람을 마주 대하고 있으니 생기가 느껴졌다. 의뢰인들의 희로애락을 함께 나누며, 지금껏 유리가 그렇게 살았겠구나 싶었다. 힘들어하는 이를 돕고, 억울한 이를 대신해 싸우고, 벼랑 끝에 몰린 이에게 손을 내밀면서. 때로 분하고, 때로 슬프고, 때로 기쁜, 그들의 모든 감정을 같이 나누면서. 내가 사랑하는 유리는 그렇게 살고 있었구나.

문득 깨닫고 나니, 비로소 유리와 24시간 붙어 지내는 기분이 들었다. 지금껏 물리적인 시간이 문제가 아니라, 그녀와의 교감을 간절히 바라고 있었는지 모르겠다.

부부지만 각자 생활에 바빠 어딘가 멀어진 듯 느껴지는 게 싫어서. 사랑해서. 그녀를 여전히, 너무나 사랑하기에. 같은 걸 보고, 느끼고 싶어서, 계속 함께하고 싶다는 욕심을 부렸는지도 모른다. 어쩌면 사랑보다 더 깊은 감정인지 모르겠다. 얼마나 깊은지 저 자신도 그 속을 알 수 없었다.

채니 엄마가 다음 상담 예약을 잡고 돌아간 후, 정호는 사무실 문을 닫고 소파에 기대듯 앉았다.

"……맞다, 서윤성."

그제야 유리가 만난다는 의뢰인 생각이 났다. 아까만 해도 유리가 서윤성을 만난다며 급히 나갈 때는 묘하게 불안하더니, 지금은 아무렇지 않아졌다. 그럴 이유가 하나도 없기도 했다. 단지 서윤성이 현재 가장 대세인 배우라는 이유만으로 신경 쓸 필요는 없지 않은가.

하지만 이유쯤은 알아도 되겠지.

"그냥 뭐, 어떤 일인가 궁금할 순 있잖아?"

정호는 애써 쿨한 척해 봤지만 못내 궁금한 얼굴로 혼잣말하며 준원에게 전화를 걸었다.

신호가 가고, 준원이 전화를 받았다.

-어.

"친구가 전화했는데 '어'가 뭐냐 '어'가. 인사를 해야지."

-바빠. 빨리 말해.

부인이나 친구나 입만 열면 바쁘다는 현실. 뭐, 그럴 수 있지……. 세상 나만 빼고 다 바쁘네.

정호는 바쁜 친구에게 용건을 말했다.

"네가 유리한테 서윤성 소개해 줬다며. 무슨 일로 만나는 거야?"

-아, 상담받을 게 있다고 하던데. 소속사에도 법무팀은 있지만 따로 문의할 일이 있다고 해서. 뭐 재산 문제나 집안 문제 그런 거 아니겠어? 개인적인 일이니까 외부에서 알아봤겠지.

준원도 의뢰 내용은 모르는 모양이었다.

"들은 게 있을 거 아니야. 몰라? 정확히 무슨 일인지?"

-모른다니까. 김유리한테 물어봐.

"걔가 퍽도 얘기해 주겠다. 변호사법이 어쩌고, 의뢰인의 비밀 유지 의무가 어쩌고 하겠지. 생각하니까 열 받네? 나는 어제 상담 들어온 거 김유리한테 바로 얘기했는데?"

-카페 나가서 상담했어? 잘했네. 그리고 김유리가 대표인데, 넌 정보 누설이 아니라 업무 보고 아니야?

정호는 할 말이 없어 왠지 분해진 얼굴로 물었다.

"……그런데 네가 서윤성이랑 그렇게 친한 사이였어? 그 배우랑 사적인 얘기도 하고, 변호사 소개까지 해 준다고 할 만큼?"

-내가 먼저 소개해 준다고 한 거 아닌데.

"그럼?"

-유리를 이미 알고 있더라고. 나보고 친구라고 들었는데, 소개해 줄 수 있냐고 해서. 그래서 연락처 준 거지.

서윤성이 유리를 이미 알고, 콕 집어 소개해 달라고 했다고? 정호는 멍해졌다. 머리카락 끝이 쭈뼛 서는 느낌이었다.

유리가 다시 카페로 돌아오기 전까지 정호는 서윤성의 프로필과 기사, 필모그래피를 훑었다. 아니, 훑는 정도가 아니었다. 논문을 쓰라 해도 써낼 수 있을 만큼 아주 샅샅이 파헤쳤다.

덕분에 알아낸 가장 중요한 사실에 정호의 마음이 사르르 풀렸다.

"뭐야, 유부남이었잖아."

불안했다가 괜찮아졌다가, 다시 기분이 싸해졌다가. 그렇게 롤러코스터를 타고 난 후라서 그런지 정호는 한결 후련해졌다.

"내가 무슨 생각을 한 거야……."

멋쩍게 웃으며 자세를 편안하게 고쳐 앉았다.

서윤성은 무명 배우 시절에 결혼한 유부남 배우였다. 스타가 된 후에 결혼한 거라면 타격을 심하게 받았겠지만, 이미 그전에 결혼했던 거니 품절남 여파는 없었다고 봐야 했다. 또한 서윤성이 무척 남자다운 매력을 가지고 있기에 선이 굵고 강인한 역할을 주로 하다 보니, 멜로 이미지로 소비되는 배우도 아니었다. 아내와는 공식 석상에 함께 나오는 일이 거의 없다는 점도 팬들의 마음을 불편하지 않게 했다.

결정적으로 서윤성의 아내는 그가 데뷔 때부터 몸담은 소속사의 이사였다. 3년 전, 무명 배우였던 서윤성과 그의 아내는 일 년간의 열애 끝에 식을 올렸다. 소속사 대표는 바로 아내의 아버지, 즉 서윤성의 장인이기도 했다. 그러니 아내의 집안에서 운영하는 회사의 배우인 것이다.

처가와 아내가 배우를 케어하는 입장이니 오죽 잘 관리했을까. 서윤성이 유부남 이미지로 손해 볼 일은 전혀 없었다. 오히려 큰 시너지를 발휘하며, 마침내 서윤성이 톱스타가 되는 데 일조를 했을 것이다.

"서로 어지간히 사랑했나 보네."

무명 시절에 결혼했을 정도면 진짜 사랑이 아니곤 가능하지 않았겠다 싶었다. 이후로는 아내의 서포트에 힘입어 대형 배우로 성장했고, 서윤성의 전성기는 바로 지금이었다. 지금 얼마나 애정이 폭발할까. 일도 잘되고, 모든 게 잘 풀리고 있을 테니 아마 부부의 사랑도 한없이 깊디깊을 것이다.

"트루 럽, 인정."

유리와 자신만큼이나 비집고 들어갈 틈이 없을 거라 생각하면서, 정호는 홀가분하게 화면을 닫았다. 역시나 별것 아니었다.

"……서윤성?"

별것 아니라 생각했던 일이 별것처럼 느껴지는 순간이 있다.

"응. 서윤성이 뭐 때문에 너한테 상담받는 거야?"

"아, 아무것도 아니야……."

바로 상대방이 지나치게 당황할 때. 별것 아닌 게 아니구나. 뭔가 있구나. 뭐라 표현할 수 없는 찝찝한 예감이 온몸을 스친다.

"뭐가 아무것도 아닌데."

"어어, 상담 내용……. 크게 심각한 거 아니라고."

유리는 정호의 말에 아무렇지 않게 대답했지만, 표정은 눈에 띄게 딱 굳어 있었다. 거짓말에 소질이 없어서 이렇게 티가 난다.

정호는 유리가 사무실에 돌아오자마자 서윤성 얘기부터 꺼냈다. 어차피 얘기해 주지 않을 것 같긴 했지만, 정호는 혹시나 해서 물어본 것이다. 그런데 유리는 대놓고 대답을 꺼렸다. 서윤성의 상담은 크게 심각한 게 맞는 모양이다. 그것도 일회성이 아니라 이렇게 여러 번 계속 밖에 나가 따로 만나 줄 정도인데.

"커피 줄까? 플랫화이트? 카푸치노? 캐러멜마키아토에 생크림 팍팍 얹어 줄까? 뭐 마실래?"

유리는 가방과 겉옷을 내려놓자마자 어색하게 웃으며 물었다. 아무래도 커피를 핑계 삼아 사무실에서 도망 나가려는 듯했다.

이에 정호는 무심하게 유리의 가방을 집어 가지런하게 놓고, 겉옷도 주워 든 뒤 착착 털어 걸어 주며 말했다.

"난 됐어."

"웬일이래. 커피는 주야장천 달고 사는 애가."

"위염인가. 요새 속이 좀 아파."

"한국인 중에 위염 아닌 사람 있냐. 속은 나도 매일 아파."

그녀는 대수롭지 않게 대꾸하다가, 영 대수로운 정호의 표정에 멈칫했다. 정호는 확실히 심통이 난 듯한 얼굴이었다. 안 그래도 '서윤성'의 존재가 굉장히 강력해서 가뜩이나 마음에 걸리는데, 유리는 자꾸 수상하게 굴고 있으니 말이다.

뭔가 단절된 느낌이다. 24시간 그녀의 곁에 붙어 있기가 장래 희망이었던 정호였는데, 이렇게 어딘가 끊어진 느낌이 드는 건 달가울 수 없었다. 일심동체는 저 혼자만의 꿈인가 보다.

"진짜 아파?"

유리가 슬슬 정호의 얼굴을 살피며 다가왔다.

"어, 나 진짜 아파."

정호는 메소드급 연기를 펼치며 제 배부터 가슴 아래까지 슬슬 문질렀다. 이러니 명치 끝에 정말 통증이 느껴지는 것 같기도 하고.

"얼마나 아픈데? 병원은 갔다 왔어?"

유리의 관심을 끄는 데 일단 성공했다. 제게 온전히 향한 그녀의 눈빛만 봐도 정호는 마음이 가득 차오르는 것 같았다. 아직도 김유리가 이렇게 좋으니 병은 병이지. 아마 평생 낫긴 힘들 것이다.

"아니, 병원은 아직……."

"빨리 병원부터 가."

"싫은데."

"애냐? 병원 가길 왜 이렇게 싫어해?"

"나 아직 크려면 멀었다며. 네가 같이 가 주면 가고."

유리가 살짝 흘기며 말했다.

"내가 어떻게 같이 가. 나 바쁜 거 알면서 이런다?"

"그럼 그냥 아프지 뭐. 정신 잃고 쓰러지면 119는 불러 줄 거지?"

유리는 그의 밑도 끝도 없는 어리광에 점점 부아가 치미는 듯 보였지만 정호는 그저 그녀의 관심이 좋을 뿐이었다.

"이게 예쁘다, 예쁘다 하니까 슬슬 긁지 또!"

유리가 이를 꽉 물며 손을 치켜들었다. 정호의 등짝을 팡팡 내리칠 타이밍이 도래한 것이다.

손도 조그맣고 예쁜 김유리가 아무리 찰지게 두드려 대 봤자 사실 정호의 등은 타격감을 전혀 느끼지 못했다. 기꺼이 맞아 준 세월이 벌써 얼마인가. 단련될 대로 된 등은 철갑처럼 단단하기만 했다.

그렇다고 아잉, 몰라 몰라, 수준의 물주먹은 아니었지만, 그래도 정호는 유리가 으르렁거리며 등짝 스매싱을 날릴 때가 못 견디게 귀여울 뿐이었다. 아르르르 하고 화가 난 강아지처럼 버둥거리는 유리를 보기 위해서라면 아직도 그녀를 긁어 대는 일에는 진심인 김정호였다.

하지만.

"……어?"

벌써 등짝에 불꽃이 터졌어도 남았을 시간, 아무런 소식이 없었다. 정호는 실감 나는 연기를 보여 줄 준비를 하고 있다가 이상한 기운에 슬쩍 눈을 뜨며 옆을 보았다. 유리가 손을 쫙 펼쳐 든 채 멈춰 서 있었다. 짐짓 복잡해 보이는 표정이다.

"왜 안 때려?"

그 말에 기가 막힌 듯 유리가 물었다.

"너는 나한테 맞는 게 좋아?"

"무슨 소리야?"

"내가 너 때리고, 넌 나한테 맞고. 그게 좋은 거냐고."

정호는 장난 한번 치려다가 뒤통수를 맞은 듯 멍해졌다. 유리의 가라앉은 얼굴이 낯설었다.

"뭐야. 장난이잖아……. 그런 게 좋은 사람이 어디 있어."

"그치, 그런 게 좋은 사람은 없지……."

유리가 손을 내렸다. 그리곤 중얼거리듯 작게 말했다.

"꽃으로도 사람은 때리지 말랬어."

"뭐라는 거야."

영문 모를 소리가 줄줄 이어졌다.

"처맞을 짓 했다고 맞아도 되는 건 없어. 그러면 안 돼. 이유 불문하고 때리는 건 일단 잘못된 거야."

"……그, 그래, 잘 알고 있네."

유리 앞에서 일부러 '처맞을 짓'을 골라서 하던 정호는 당황스러운 표정을 지었다. 둘 중 누구도 모르는 소리는 아니었다. 아니, 인간이라면 누구나 알아야 할 말들이었다. 그런데 이제 와 새삼스럽게 왜 저럴까. 오래전부터 저와 김유리 사이에 이어진 장난은 실제 폭력과는 거리가 멀었는데.

"장난으로라도 그렇게 때리면 안 되는 거야. 나, 이제 너 절대 안 때려."

"으응? 진짜?"

유리의 입에서 흘러나온 소리는 뜬구름 잡는 것처럼 느껴졌다. 뭔가 큰 깨달음의 계기라도 있었던 걸까.

"뭐, 바람직한 생각이긴 한데⋯⋯. 갑자기 왜 그러는 거야?"

"'갑자기'가 어디 있어. 잘못된 걸 바로잡자는 건데."

유리가 손을 탁탁 털 듯 흔들고는 웃어 보였다.

"커피 말고, 따뜻한 차 줄게. 나가자."

그리곤 사무실 문을 열고 카페로 나갔다.

정호는 그녀가 비운 자리를 바라보며 멍하니 섰다. 서윤성 상담 건에 대해선 제대로 듣지도 못한 채, 그저 유리가 제게 선을 긋는 듯한 태도만 마주하고 말았다.

다 옳은 말이긴 한데, 왜 이렇게 서운한 거지. 제가 알던 유리가 아닌 것만 같았다.

다음 날.

정호는 어린이집에서 하원 한 쌍둥이를 데리고 키즈 카페에 온 참이었다.

"뭔 소리야. 안 때리면 좋은 거 아니야?"

"그게 그렇게 간단한 문제가 아니야."

왠지 답답한 마음에 새연에게 전화했더니, 마침 이른 퇴근이라 아이들과 함께 보자는 말에 바로 달려 나왔다. 대형 트램펄린 안에서 새연 부부의 아들 진우와 성우, 정호 부부의 딸 단과 진이 광란의 점핑을 즐기는 동안, 정호와 새연은 아이들이 시야에 들어오는 곳에 지키고 서서 대화를 나누었다.

"김유리와 내 사이에는 남들 모르는 끈끈한 뭔가가 있었단 말이야. 사귀기 전부터."

"그 매개체가 '등짝'이라는 거야?"

"이를테면, 그렇지."

"심오하네……."

두 사람은 나란히 팔짱을 낀 채 진지한 표정으로 얘기했다. 눈으로는 계속 아이들을 좇는 중이다.

"하긴, 유리가 그랬지. 이준원이나 최혁준은 이제 다 커서 때리는 맛? 그런 게 안 난다고. 바꿔 말하면 넌 덜 컸다는 거지. 고딩 때나 지금이나 뭐 달라진 게 없잖아."

"왜 없어. 눈빛부터 훨씬 그윽하고 깊어졌는데. 잘 봐. 내가 입만 다물면 지금도 조각 같다는 소리를 듣는……."

"입을 안 다무니까 문제 아니야?"

"맞네."

정호는 얼른 입을 다물었다. 하지만 3초도 지나지 않아 문제의 입을 다시 열었다.

"그래서 넌 어떻게 생각하는데? 유리가 왜 그러는 거 같아? 설마 내가 슬슬 카페에 밀고 들어오는 것 같으니까 선 딱 긋고 차단하는 걸까? 김유리가 원래 세상만사 다 관심 많고 온갖 것 다 챙기는 사람처럼 보여도, 사실 자기

울타리 엄청 높게 세우는 애잖아. 그거 침범해서 들어오는 거 싫어하고."

"김정호 역시 김유리 전문가네. 아주 빠삭하십니다."

함께한 세월이 얼마인가. 유리에 대해 가장 잘 아는 사람도 저였고, 자신에 대해 젤 많이 아는 사람도 유리라고 믿었다.

하지만 가끔 이렇게 멀게 느껴지는 순간이 있는 것이다. 세월과 깊이가 무조건 비례하는 건 아니니까. 나 자신도 내 감정에 혼란스러울 때가 있는데, 하물며 타인의 감정을 읽기 어려울 때가 있는 건 어쩌면 당연한 일 아닐까. 아무리 사랑하고 결혼까지 했어도, 타인은 타인이니 말이다.

한마음, 같은 몸. 애초에 그건 말도 안 되는 소리인지 모른다. 아무리 부부라도 서로 남인 것을 인정하고 적당히 거리를 두어야만 원만한 관계를 유지할 수 있다고, 다들 말하니까.

"하긴, 유리가 괜히 철벽녀로 유명했던 게 아니긴 하지. 선 넘는 거 정말 싫어하잖아."

"……그렇지?"

"그런데 김정호."

새연이 그를 보며 말했다.

"살다 보니 중요한 건, 역시 '대화'인 것 같더라."

"대화?"

"상대방이 이럴까, 저럴까 아무리 혼자 생각해 봤자 답은 내 마음대로 내는 것뿐이고, 그건 사실 아무 도움도 안 되잖아. 정답인지 아닌지 알 수도 없고. 그러니까 나한테 한탄할 게 아니라 유리하고 직접 얘기해 봐. 문제 생기면 슬슬 도망부터 치는 버릇 그거 안 좋다."

정호는 뜨끔했다. 유리와 살면서 도망치고 숨는 버릇을 얼추 고친 줄 알았는데, 아니었나 보다. 아직 몸속에 깊숙이 배어 있던 회피 습관을 완전히 떨치진 못했던 것 같다. 사실 정호에겐 그것이 유리를 사랑하는 방식이었지만.

"문제가 정확히 뭐야? 유리가 너 안 때린다고 한 게 문제야? 아니면, 네가 카페에 출근해 24시간 붙어 있겠다는 걸 싫어하는 게 문제야? 아님……."

"아님?"

"유리가 서윤성이랑 따로 만나는 게 문제야?"

"하하핫. 서윤성은 무슨! 나는 야, 그런 거 하아아아나도 신경 안 써. 그냥 상담받는 손님인데…… 뭐."

정호는 대뜸 나온 '서윤성'이란 이름에 억지로 웃어 보였다.

"서윤성 때문에 질투하는 거 아니면 뭔데. 그냥 터놓고 얘기해 보면 되잖아. 복잡할 것이 있나."

"아냐, 됐어. 굳이 뭘 또 각 잡고 대화씩이나……."

"왜, 겁나? 네 고민 하나하나 털어놨다가 유리한테 혼날까 봐?"

정호는 새연이 정곡을 찌르는 소리에 심장이 덜컹했다.

맞다. 사실 겁이 난다. 누구에게나 당당하고 뻔뻔할 정도로 거침없는 김정호도, 평생 유리 앞에서만큼은 움츠러들기 바쁜 겁쟁이일 뿐이다. 더 사랑하는 사람이 약자라면 그는 유리에게 언제나 최약체였다.

하지만 굳이 따지자면 새연이 말하는 이유는 아니었다. 혼나기 싫어서가 아니라…….

"……김유리가 나 싫다고 버릴까 봐."

기나긴 짝사랑은 그를 영원한 겁쟁이로 만들었다.

"난 아직도 김유리랑 이렇게 같이 사는 것도 꿈 같고, 안 믿길 때가 많아. 걔가 지금이라도 정신 차리고 훌훌 털고 혼자 날아갈까 봐, 난 그게 항상 겁나."

"뭐야, 고백을 당사자한텐 안 하고 또 내 앞에서 하고 앉았네."

아무리 사랑해도 모자랐다. 깊고 깊은 사랑을 퍼부어 주어도, 함께 나누는 일상은 당연해지지 않았다.

늘 행복했고, 행복한 만큼 또 불안했다. 마치 선녀의 날개옷을 감춰 둔 채 그녀를 아슬아슬하게 붙들고 있는 것만 같았다. 그러니 유리에게 불만이 생겨도 쉽게 털어 내지 못했고, 미심쩍은 부분이 있어도 터뜨리지 못했다. 그나마 서로 티키타카가 잘 맞아 쉴 새 없이 장난을 치는 게 정호의 불안감을 해소하는 방법 중 하나였는데, 갑자기 유리가 그것마저 중단 선언을 해 버리니 그의 애가 타는 건 당연했다.

다가가고 싶은데 그녀는 자꾸만 선을 긋는다. 워낙에 쿨한 김유리니, 정호가 지금 느끼는 감정을 다 나열해 봤자 비싼 밥 먹고 쓸데없는 소리 한다며 무시할 것만 같았다. 제대로 대화가 될 리 없다.

기나긴 짝사랑이 트라우마로 남은 걸까. 뭘 해도 자신이 더 좋아하는 것 같고, 영원히 그 사람의 등만 바라봐야 할 것 같고. 심장에 각인이 되어 버린 사랑은 더 이상 일방이 아님에도 한없이 약한 존재가 되게 하였다.

사랑이 클수록 나는 작아진다. 정호는 괜히 쓸쓸한 마음이었다.

7. 너 없이 어떻게 살아

서윤성의 신작 영화가 개봉을 앞두고 있다 하였다. 요즘 영화 홍보에 한창인지라 TV며 인터넷, 무엇이든 켰다 하면 서윤성이 보였다. 그러다 보니 정호는 매스컴 알레르기가 생길 지경이었다. 유리는 여전히 서윤성과의 만남을 이어 가고 있기 때문이다.

한 번은 그 상담에 자신이 동행할까 묻기도 했었다.

'말도 안 되는 소리 하지 마. 일대일 상담인데 거길 네가 왜 따라와. 게다가 프라이버시가 생명인 사람인데.'

물론 유리는 단칼에 거절했다. 그러나 이상하지 않은가. 얼마나 대단한 일이길래 그렇게 상담을 여러 차례 하고 있는지 알 수가 없었다.

'법률 상담이 아니라 인생 상담인 거야? 고민되는 일이 있으면 전문가를 찾아가라고 해. 남의 마누라 자꾸 오라 가라 귀찮게 하지 말고.'

그런 소리가 정호의 목구멍에서 튀어나올 뻔했다. 물론 하지 못하고 꾹 눌러 참았지만.

속이 꽉 눌려 한숨만 자꾸 새어 나왔다.

"우리 김 서방, 어째 이리 얼굴에 수심이 깊으신가."

마미가 카페 창가에 앉아 턱을 괸 채 밖을 바라보는 사위에게 다가왔다.

"아닙니다."

정호는 아무렇지 않은 듯 자세를 고쳐 앉았다.

"왜, 유리가 괴롭혀? 나한테 일러."

"……그런 건 아니고요."

"요즘 정호 네 얼굴 아주 죽상인데. 무슨 일 있는 거야?"

후, 하고 숨을 내뱉은 정호는 다시 고개를 저었다.

"아니에요, 아무것도."

여기저기 고민을 털어놓고 다니는 건 쓸모없는 짓이다. 새연의 조언대로 당사자인 유리와 터놓고 얘기할 기회를 만드는 게 중요하겠지. 물론 별 시답지 않은 소릴 한다며 까일 수도 있지만, 그보다는 제대로 대화를 나눌 시간 자체가 없다는 게 가장 큰 문제였다.

유리가 여전히 여러 가지 일로 바쁜 덕에 정호는 채니 엄마의 이혼 소송 관련 업무뿐 아니라 다른 상담 건도 하나둘씩 늘려 가고 있었다. 유리는 큰 도움이 된다며 좋아했지만, 이래저래 정호의 속앓이가 계속되는 요즘이었다.

"어머님, 손님 없을 때 얼른 식사하고 오세요. 근처 사거리 쪽 새로 생긴 식당에 부대찌개 진짜 맛있던데."

"지금?"

"네. 다 같이 가세요. 사무장님! 점심 드시고 오시고, 너희도 나와. 자, 자, 다들 지금 빨리 가십시오. 너무 늦으면 웨이팅해야 해요, 거기."

이른 점심시간, 정호는 소몰이하듯 마미와 직원들을 묶어 내보내기로 했다. 한가한 틈을 타고 마미가 죽상이 된 제 얼굴을 자꾸 문제 삼으면, 속상한 마음을 털어놓고 말 것 같아서였다.

"너는……."

"저는 이따 먹을게요, 지금은 속이 좀 안 좋아서요."

"여태? 계속 그러네? 약이라도 사다 줄까?"

"살짝 그런 거예요. 쉬면 괜찮아져요. 자, 자, 얼른 가십시오."

휘이, 휘이.

정호는 마미와 직원들, 사무장까지 싹 다 묶어서 카페 밖으로 내보냈다. 아직 손님들이 들이닥칠 시간이 아니라서 직원들까지 싹 빠진 카페는 조용하기만 했다.

감미로운 멜로디의 음악을 끄고, 정호는 다소 과격한 메탈 음악을 틀었다. 쾅쾅거리는 사운드가 카페를 메우자 비로소 숨통이 좀 트이는 것 같았다.

"이거지, 이거야."

싱긋 웃으며 커피까지 진하게 내렸다. 오늘은 달달한 생크림 없는 커피 말고 독하게 한 잔 마시고 싶었다.

"윽."

한 모금 마시자마자 금세 배 속이 아파 허리를 굽혔지만, 그럼에도 불구하고 오늘은 블랙이 당겼다.

꿋꿋하게 더 마시려고 할 때 전화가 왔다. 화면에 뜬 이름은 준원이었다. 정호는 음악 볼륨을 조금 낮추며 전화를 받았다.

"웬일이야. 피크 타임 직전이라 너 한창 바쁜 시간 아니……."

-아직 못 봤어?

준원답지 않게 다급한 목소리였다. 다짜고짜 묻는 소리에 정호는 고개를 갸웃하며 되물었다.

"뭘?"

-……그러니까, 그게…….

막상 말하려니 입이 떨어지지 않는 듯 준원이 주저했다.

"뭔데 그래."

-그게, ……일단 인터넷 열고 서윤성 검색해 봐.

"싫어."

뭐래. 그냥 아무 화면만 띄워도 메인에는 다 서윤성인데. 일부러 그 이름을 검색까지 해야 하다니. 정말이지 싫은 일이었다. 그가 유부남이라 하여 안심했던 건 처음 잠깐이었을 뿐, 이후 유리와의 상담 회차가 늘어날수록 계속 신경 쓰이는 중이니 말이다.

-싫다고 할 게 아니라, ……일단 네가 한 번 봐야 해서.

준원의 목소리가 심상치 않았다. 정호는 이상한 기운을 느끼며 옆에 있는 노트북을 끌어와 화면을 열었다.

"대체 뭔데……."

말을 마치기도 전에, 서윤성의 이름을 타고 줄줄이 이어진 뉴스 기사에 정호의 움직임이 멎었다.

[충격! 대세 배우 서윤성, 미모의 여성과 은밀한 데이트?]

[서윤성의 이중생활! 불륜 스캔들로 상승세 꺾일까]

[아내를 배신한 서윤성의 숨은 그녀는 누구?]

[서윤성의 외도 상대, 알고 보니 법조계 유명 인사?]

"……이게 뭐야."

정호의 음성이 단번에 싸늘해졌다.

-방금 터진 거야. 거기 실린 사진들, 모자이크가 허술해서 아는 사람들은 다 알 것 같아. 딱 봐도 김유리잖아.

기가 막혔다. 서윤성의 오피스텔로 유리가 들어가는 사진, 유리가 그와 나란히 차에 타는 사진 등이 흔히 보던 연예인들의 열애설 기사처럼 정성스레 올라와 있었다. 타이틀은 '불륜'으로. 말도 안 될 소리였다.

"어느 미친 새끼들이 이런 사진을 찍어서 불륜이라고 날조를 해? 얘 지금 일하러 간 거잖아."

-그래, 유리 일하러 간 거 우리는 알지. 요란하게 기사 떴으니 서윤성 회사에서 바로 대처하지 않겠냐? 지금 유리는 통화가 안 되는데, 일부러 꺼 놓은 거 같아.

정호는 참을 수 없는 분노에 욕을 짓씹듯 내뱉었다. 불안하게 껴안고 있던 풍선 하나가 펑 하고 터져 버린 기분이었다. 아무것도 아닌 걸 아는데……. 유리를 철석같이 믿고 또 믿는데……. 그럼에도 이상하게 심장이 미친 듯 덜컹거렸다.

"우선 끊자."

정호는 준원과의 통화를 끝내고, 기사 몇 개를 정독했다. 어떤 기사에는 상대가 미모의 변호사라느니, 수많은 이슈로 대중에게도 알려진 법조인이라느니, 법률 상담을 하는 카페를 운영한다는 등, '김유리 변호사'라는 걸 추정할 수 있게끔 적어 두기도 했다.

신상이 밝혀지는 건 한순간이다. 현재 가장 핫한 배우와 대중에게 친숙한 유명 변호사의 만남. 그것도 양쪽 모두가 기혼자라니, 진실 여부를 떠나 이보다 더 맛깔나는 떡밥은 없는 것이다. 벌써 기사들이 기하급수적으로 늘어나고 있었다. 후속 기사에 눈이 먼 기자들이 여기까지 들이닥치는 건 시간문제다.

"미쳤네. 서윤성 회사는 뭘 하고 있길래 이걸 그냥 나가게 뒀어?"

요즘은 열애설도 소속사와 상의해서 낸다던데. 심지어 '불륜' 스캔들이다. 확인되지 않은 사실을 멋대로 터뜨렸다간 파장이 클 수밖에 없었다.

게다가 회사 대표가 서윤성의 장인, 이사가 그의 아내가 아닌가. 다른 건 몰라도 이런 지저분한 스캔들은 절대 허용하지 않을 텐데, 일이 이상하게 돌아가는 것이다. 더구나 지금 가장 잘나가는 배우인 서윤성에게 독이며 똥이 될 불륜설이 터진 것 자체가 수상했다. 마치 누군가 일부러 파 놓은 함정에 빠진 것처럼.

혹시 라이벌 쪽에서 만든 판인가. 아니면 서윤성이 망하길 간절히 바라는 누가 있기라도 한 것인가. 이유야 어찌 됐든 유리는 피해자일 수밖에 없다. 사람들은 이미 이 재미있는 스캔들에 푹 빠졌으니, 진실이 무엇이든 상관치 않을 테니까.

정호는 그녀가 서윤성의 불륜 상대라는 것만큼은 절대 인정할 수 없었다. 죽어도 바꾸지 않을 믿음이었다. 서윤성과의 상담 회차가 늘어난다고 설령 부적절한 관계일까 의심해 본 적은 단 한 순간도 없었다. 그저 얼굴 맞대고 있는 것만으로도 싫어서, 저와 함께 있을 시간을 빼앗아 간 것만 같아서, 그래서 신경을 썼던 것뿐이다. 나의 김유리는 그럴 리 없을 것이다. 정호는 굳게 믿고 있었다.

한참 기사를 살피는데 카페 문이 벌컥 열렸다. 그리고 멀끔하게 생긴 웬 남자 하나가 들어서더니, 정호를 향해 저벅저벅 걸어왔다.

"……어서 오세요."

정호는 속이 시끄럽긴 하지만 일단 들어온 손님을 받아야 하기에 일어서서 인사했다. 그의 앞까지 다가든 남자가 노려보며 말했다.

"당신이 김정호야?"

"네. 제가 김정……."

대답을 마치기도 전에, 눈앞의 남자가 정호의 얼굴에 주먹을 날렸다. 정호가 순간적으로 상체를 뒤로 물리며 피하자, 중심을 잃은 남자가 기우뚱하고 우스꽝스럽게 넘어질 뻔하였다. 그런 남자를 태연히 잡아 준 것도 정호였다.

"아이고, 선생님. 무슨 일로……."

"이 새끼가, 너! 일루 와!"

남자가 약이 오른 듯 눈에 불을 켜기에 정호는 얼른 그를 놓고 물러섰다.

"일루 안 와?"

"그렇게 살벌하게 이리 오라는데, 넙죽 가는 바보가 어딨습니까. 무슨 일인지 말씀을 하셔야죠."

정호는 날쌘 다람쥐처럼 커다란 테이블 뒤로 휙 돌아 그에게서 멀어졌다. 큰 테이블을 사이에 두고 정호와 남자가 대치했다. 그는 잔뜩 화가 난 얼굴로 말했다.

"네가 내 마누라 구워삶아서 소송하라고 했냐, 어?"

"네?"

"주영신 말이야, 주영신!"

"아아."

그제야 정호는 상황을 파악했다. 들이닥친 남자는 바로 채니 엄마의 남편이었던 것이다.

"잠깐만요."

"너, 뭐야!"

갑자기 휴대폰을 꺼내 두드리는 정호를 보며 남자가 버럭 소리를 질렀다. 정호는 그저 여유롭게 웃어 보였다.

"잠깐, 문자가 와서 확인 좀 하느라."

"이게 장난하는 줄 아나!"

정호는 휴대폰을 주머니에 찔러 넣으며 깍듯하게 인사했다.

"윤경욱 씨 되시는군요. 안녕하세요."

"너 같으면 안녕하게 생겼냐! 내가 지금 얼마를 뜯기게 생겼는데! 가만히 뒀으면 애 엄마한테 내가 돈 뜯길 일은 없었을 거 아냐!"

정호가 어디로든 바로 튈 자세를 취하며 태연스레 말했다.

"위자료 말씀하시는 거라면, 정당하게 지급해야 할 의무가 있으신 걸로 압니다만. 게다가 외도를 하시고 가정에 충실하지 않았던 등의 유책 사유가 있으시니 당연히……."

"너, 이 새끼! 네놈 새끼가 그 멍청한 여자 부추겨서 돈을 뜯어내라느니 한 거잖아!"

"멍청한 여자라니요. 말씀이 지나치십니다."

"뭐가 지나쳐! 애 엄만 이혼할 생각도 없다고 했는데, 왜 갑자기 돌변해서 소송하겠다고 난리인 거냐고!"

쳐들어온 남자는 열이 올라 씩씩거렸고, 정호는 한없이 상냥하게 말했다.

"에이, 그래도 이러시는 건 아니죠, 선생님. 일단 이혼은 선생님께서 유, 책, 배, 우, 자, 이심에도 불구하고 뻔뻔하게 먼저 요구하셨던 거고요. 채니 어머님은 이혼할 생각이 없었다기보다는 이후 생활에 대한 두려움으로 걱정을 좀 하셨던 것뿐인데요. 아시다시피 선생님께서 유, 책, 배, 우, 자, 아니십니까? 채니 어머님은 당연히 위자료를 받으실 권리가 있고……."

"닥쳐! 내가 어떻게 만들어 놓은 판인데, 감히 네가!"

"아, 판을 짜신 거구나."

"그럼! 내가 로펌에 갖다 바친 돈이 얼마인지 알아? 아무리 내가 유책 배우자라 해도 한 푼도 안 주고 깨끗하게 갈라설 방법이 다 나왔었단 말이야! 지금 네가 그걸 망쳐 버렸다고!"

"아이고, 주영신 씨를 빈손으로 쫓아낼 수 있도록 정성껏 짜 놓으신 판을 제가 이렇게 망치게 돼서 유감입니다만."

순간, 정호는 천하의 쓰레기를 보는 눈빛으로 말을 이었다.

"……이 개쓰레기 새끼야, 사람으로 태어났으면 사람 구실은 하고 살아야 할 것 아니야."

단숨에 바뀐 정호의 태도에 남자가 움찔했다.

"로펌에 갖다 바칠 돈은 있고, 너랑 결혼해서 아이 낳고 키운 아내한테 위자료 줄 돈은 없냐, 이 개새끼야?"

하지만 이미 눈이 돌아서 찾아온 남자는 도저히 정호를 잡을 수 없다고 판단했는지 냅다 옆에 있던 의자를 들고서 테이블 위로 올라갔다.

"너, 너, 내가 가만 안 둬!"

"어어, 그거 지금 나한테 정확히 조준해서 던지면 형법 261조, 특수 폭행죄에 해당하는 거 아셔야 할 텐데? 특수 폭행죄는 반의사 불벌죄가 아니라서 내가 합의해 준다고 해도, 물론 안 해 줄 거지만. 설령 해 준다고 해도 처벌은 꼭 받으셔야 하는 거, 그것도 아셔야 하는데?"

"이 새끼, 말이 왜 이렇게 많아!"

피할 수 있었다. 정호는 아무리 남자가 의자를 던질 기세로 위협을 한다고 해도, 실제로 의자를 제게 던진다고 해도 충분히 피할 능력이 있었다.

하지만 그 순간. 정호의 배 속에 찢어질 듯 격심한 통증이 일었다.

"어억."

수일간 이어져 온 통증들이 몰아치듯 한꺼번에 쏟아졌다. 처음 겪는 아픔이었다. 이렇게까지 배가 아파도 사람이 살아남을 수 있을까 싶을 정도로 끔찍한 복통이라, 정호는 순간 정신이 나갈 듯했다.

아픔으로 배를 움켜쥔 채 막 허리를 숙인 순간이었다.

"에이잇!"

이때다 싶었는지, 남자가 의자를 정호에게 내리치려고 힘껏 들어 올리는 소리가 공기를 갈랐다.

정호는 퓨즈가 나간 듯 정신이 깜빡거리는 순간에 느릿하게 생각했다.

죽을지도 모르겠다고. 이렇게 허망하게, 아무도 없는 카페에서 상담자의 남편에게 구타를 당해 생을 마감할지도 모르겠다고. 유리랑 아직 얘기를 못 했는데. 못다 한 말이 너무 많은데. 이럴 줄 알았으면 붙들고 마음속 말이나 다 해 버릴 것을.

아니, 오해를 풀 것도, 불만을 털어놓을 것도, 그런 건 다 필요 없고 그냥 한마디만. 나는 너를 아무 조건 없이, 너무 사랑해. 한마디만 할 수 있으면 되는데. 그런 말도 못 하고 이렇게 그냥 죽는 건 좀 억울한데…….

정신이 아득해지는 그때였다.

"김정호오오오!"

전신을 꿰뚫듯 분명하게 내리꽂히는 목소리. 유리였다. 배를 움켜쥔 정호가 그녀의 손에 의해 밀쳐지며 바닥을 굴렀다.

동시에 콰아악! 우지끈! 둔탁한 파열음이 이어졌다.

병원.

"이 멍청아. 참을 걸 참아야지. 그렇게 아픈데 어떻게 참고 있었어!"

정호가 눈을 떴을 때, 가장 먼저 들려온 건 유리의 목소리였다.

내장이 끊어지는 고통을 느끼면서도 한 줄기 정신을 붙들려고 했던 노력이 무색했다. 순간 기억이 삭제되다시피하고 눈을 뜬 곳이 병원인 걸 보니…….

"괜찮아!? 김유리, 너…… 윽."

유리 걱정에 단숨에 몸을 일으키려던 정호가 다시 통증을 느끼며 누웠다. 몸 여기저기에 링거와 각종 호스까지 꽂아 상태가 말이 아니었다. 중환자라도 된 기분이다.

"김유리 너 괜찮은 거 맞아?"

그런데도 정호의 걱정은 온통 유리뿐이었다.

"얘가 아직 정신 못 차렸네. 내가 아니라, 네가 아픈 거라고 지금. 상황 파악이 그렇게 안 돼, 너는?"

정호는 배를 부여잡고 인상을 찡그리며 유리를 보았다. 환자복을 입고 침대에 누워 있던 건 역시 저였고, 유리는 누가 봐도 멀쩡한 모습으로 제 곁에 있었다.

"다친 건? 너 의자에 맞은 거 아니야?"

"……의자에?"

유리는 잠시 상황을 떠올려 본 듯 아, 하고 소리를 내더니 말했다.

"피했지."

"아, 피했어? 잘했다!"

조명이 확 꺼지듯 정신도 나갔었기에 그 모습은 제대로 보지 못했었다. 유리가 전혀 다치지 않은 걸 확인한 정호는 그제야 안심이 되었다. 역시 걱정할 게 하나도 없는 김유리였다.

"너 데리고 병원 와서 하도 정신없이 있었더니 카페에서 있었던 일이 전생 같다, 야."

과장을 보태자면 생사를 오가는 느낌이었다. 정호는 병원에 실려 오고, 검사를 받고, 수술까지 받는 동안 불이 깜빡거리듯 정신이 들어왔다 나갔다 했었다.

그나마 이제야 병실로 옮겨져 회복해 가는 중이었다. 물론 자신이 아니라 유리가 다쳐서 병원에 온 줄 알았을 정도로 아직 온전히 정상은 아니지만.

"그 새끼가 던진 의자, 테이블에 부딪히고 바닥으로 떨어져서 아작 났어. 내가 아주 손해 배상 확실하게 받아 낼 거야, 회까닥 돌아서 십이월에 피는 후리지아 같은 새끼. 감히 어딜 쳐들어와서 행패야?"

별안간 다시 화가 오르는지 유리의 얼굴이 붉으락푸르락해졌다. 금방이라도 뛰쳐나가 그 남자의 목을 잡고 짤짤 털어 버릴 것만 같았다.

"……그럼 아까 어떻게 됐던 거야?"

정호의 물음에 유리가 대답했다.

"내가 막 카페로 들어가는데, 웬 미친놈이 테이블 위에 올라가서 의자를 던지려고 하고 있고, 너는 배 아프다고 부여잡고 있잖아. 피하지도 못하고 딱 맞게 생겼길래 내가 얼른 뛰어가서 너 밀쳤지."

"와…… 순발력 쩌네."

"내가 좀 운동 신경이 좋잖아."

유리가 뿌듯한 얼굴로 으쓱하곤 이어 말했다.

"의자 던지길래 동시에 나도 싹 피했고."

그 남편에 그 아내구나. 한 대도 맞지 않겠다는 일념으로 바로 피하다니.

의자와 테이블이 망가졌고 정호는 쓰러진 상황에, 마침 식사하러 갔던 카페 멤버들이 돌아왔다. 난장판이 된 카페에서 미친놈을 붙잡아 경찰에 신고하고, 구급차를 불러 쓰러진 정호를 병원에 옮겨 오기까지 아주 난리도 이런 난리가 없었단다.

"천공이 생기면 진통제도 소용없을 정도로 아프다는데, 어떻게 참은 거야. 이 미련퉁이야……."

"우와 김유리, 나 엄청 걱정하는 얼굴이네."

몸 상태가 좋지 않으니 말을 길게 하지 못하면서도 정호의 입은 쉴 줄 몰랐다.

"웃어? 너 웃지 마. 너 정말 큰일 날 뻔했어. 내가 얼마나……."

이내 유리의 커다란 눈에 눈물이 가득 고였다.

"무서웠는데."

울먹거리는 얼굴이 못 견디게 예뻤다. 걱정해 주는 표정이 저렇게 사랑스러우면 어쩌란 건지. 수술 후고 뭐고 그냥 꽉 당겨 안았으면 좋겠는데, 정호는 차마 그러지 못해 안타까웠다. 꼭 끌어안고도 싶고, 하고 싶은 말도 많았지만 우선은 회복이 우선이었다.

정호의 병명은 십이지장 궤양 및 그 합병증으로 생긴 천공이었다. 십이지장 궤양은 약물 치료로 가능하지만, 이렇게 천공까지 생긴 경우는 수술이 필요했기에 병원에 실려 온 정호는 응급 수술을 받았던 것이다. 그나마 심하지 않고 수술 경과도 좋은 데다, 정호가 기본적으로 젊고 건강하여 회복도 빠를 거라 했다. 다행이었다.

다음 날.

최대한 많이 움직이고 걸어야 퇴원이 빠르다는 말에, 정호는 링거 폴대를 붙들고 병원 복도를 걸었다.

오후에는 유리와 함께 병원의 하늘정원까지 올라갈 수 있었다. 유리는 아이들을 마미에게 맡기고, 내내 병원에서 정호 곁을 지키는 중이었다.

겨우 이틀 만인데도 탁 트인 하늘을 바라보며 바깥 공기를 쐬자, 정호는 그제야 살 것 같은 기분이 들었다. 유리가 그의 옆에서 함께 걸으며 말했다.

"이제야 말하지만 너 잘못될까 봐, 어떻게 되기라도 할까 봐, 내가 얼마나 달달 떨었는지 알아? 아니, 무슨 담배도 안 피우는 애가 십이지장 궤양이야. 회사에서 스트레스가 그렇게 심했던 거야?"

가장 흔한 원인이 흡연 혹은 스트레스 등이라 하니, 역시 만병의 근원이 아닐 수 없다. 정호는 흡연자가 아니었지만 확실히 스트레스는 큰 요즘이었다.

"나는 그냥 소화 불량인 줄 알았지."

"멍충이."

유리는 정호를 애틋한 눈으로 흘기며 말했다.

"그나마 경미한 케이스라 수술도 금방 끝났대. 더 심해졌으면 너 이렇게 못 있을 뻔했어. 앞으로 치료도 잘 받고, 관리도 잘 해야 해. 나 버리고 먼저 갈 거 아니지?"

"널 왜 버려."

늘 버려질까 두려운 나인데, 그런 내가 널 왜 버려.

"너 아파서 병원 와 있으니까 아빠 가실 때 생각도 나고. 너무 무섭고 힘들고, ……그랬어, 나. 진짜 무서웠어."

유리의 눈에 정호를 잃고 싶지 않은 마음이 절절히 배어났다.

농담이 아니라, 유리는 정말 두려워하고 있었다. 사랑하는 사람을 떠나보내는 괴로움이 어떤 건지 그녀는 너무 잘 알고 있었다. 그러니 정호의 정신이 돌아오기까지, 유리의 시간이 얼마나 지옥이었을지 그는 이제야 깨달았다. 짝사랑의 응답을 받았다고 좋아할 일이 아니었다.

불안함, 두려움, 괴로움. 그런 감정으로 사랑을 확인할 순 없었다.

무슨 일이 있어도 나는 너를 사랑할 거라고 맹세했는데. 혼자서만 사랑하다 늙어 죽더라도, 반드시 너만 보고 너만 사랑하리라 다짐했는데.

그사이 내 사랑은 커진 것이 아니라 얄팍해졌었구나. 너에게 점점 더 많은 걸 바라고, 원하고, 요구하게 되었구나. 같이 있는 것만으로도 행복하다고 했던 내가, 이제 맡겨 놓은 짐 찾아가듯 네게 날 더 사랑하라 끊임없이 외치고 있었구나.

그러지 않아도 되었는데. 이미 너는.

"정말 다행이야. 이렇게 괜찮아져서…… 정말 너무너무, 다행이야."

나를 듬뿍 사랑으로 채우고 있었는데.

"어디 가면 안 돼. 아무 데도 가면 안 돼, 진짜……."

"……."

"너 없이 어떻게 살아, 내가."

유리는 걸음을 멈추더니 정호의 손을 잡고 맑은 눈물을 뚝뚝 떨어뜨렸다. 진심이 가득 느껴지는 고백에 정호의 가슴이 먹먹해졌다. 눈이 먼 사랑은 저만 아프고, 저만 힘든 줄 착각하게 했다. 마음이 통하고 결혼까지 했어도, 늘 애가 타는 건 자신뿐이라 생각했었다.

하지만 그게 아니었다. 부끄러움과 충만함이 동시에 밀려왔다. 자신은 어른이 되려면 아직도 멀었나 보다.

"……미안해."

정호의 그 말에 유리가 눈을 크게 떴다.

"그게 무슨 소리야. 네가 왜 미안해. 아, 물론 몸 관리를 제대로 못 하긴 했지만 ……그래도 미안할 건 아니지."

정호의 복잡한 속내를 알지 못하는 유리는 제 얘기를 하기 시작했다.

"나는 너 수술하는 동안 얼마나 애가 탔는데. 너 요즘 계속 속 아프다고 했었는데, 또 장난인 줄 알고 너무 흘려듣기만 했었나 후회도 되고. 당장 병원에 끌고 왔어야 했는데."

유리는 또 그녀 나름대로 참회의 시간을 가지는 중이었다.

"사실 나는, 너 퇴사하고 나서 너무 좋아서……. 하루 종일 붙어 있고 싶었는데, 그러면 싸우기만 하고 사이도 악화된다고 해서 조심했었거든."

"……뭐?"

"왜, 2호점 커플 맨날 붙어 있다 보니 엄청 싸운다고 했던 거 기억나지? 그 말 들으니까 내 욕심에 억지로 너랑 종일 붙어 있으면 안 되겠구나 했었거든. 게다가 카페 일도 바쁘니까 너랑 같이 했으면 좋겠는데, 가뜩이나 일 안 하고 쉬고 싶은 애한테 너무 무리한 요구인가 싶기도 하고."

정호의 입술 사이로 탄식이 흘러나왔다. 유리의 속마음이 그랬을 줄이야.

"그래서 나는 네 눈치만 보고 있었지. 내가 끌고 나오면 안 될 테니까 네가 스스로 나올 때까지 기다려야겠다, 하고. 그러다 네가 나오긴 했는데, 좋다고 붙어 있으면 쌈박질만 해서 너 질린다고 가 버릴까 봐…… 나라도 좀 피해 있어야겠다 하고 일부러 외부 업무 보러 나가기도 하고 그랬었어."

"야……."

정호는 기가 막혔다. 대화하라고 부르짖던 한새연의 가르침은 헛된 것이 아니었다. 유리의 이야기를 듣고 있자니 그간 자신이 속앓이했던 건 한낱 쓸모없는 일이었음을 절실히 깨달았다. 그럴 시간에 한 번이라도 더 안아 주고, 한 번이라도 더 입 맞췄으면 좋았을걸. 괜히 서로가 서로를 잃기 싫은 마음에 조심하면서 마음 졸이고 눈치 보았던 것이다.

"그러니까…… 미안한 건 내가 더 미안해."

결국 김유리가 먼저 속을 털어놓았다. 그게 아니었다면 빙빙 돌며 헛다리만 짚었을 바보였던 저 대신.

"네가 아무리 나랑 같이 일하기 싫고 귀찮아하더라도, 내가 조금만 더 성질 죽이고 함께 시간 보내고 했더라면 너 이렇게 아픈 것도 더 빨리 알고 잘 챙겨 주고 했을 텐데…… 결혼했으니 우리가 이제 서로의 보호자인데, 내가 널 제대로 보호하지 못했어. 정말 미안……."

먹먹한 마음에 내내 듣고만 있던 정호가 드디어 입술을 열었다.

"내가 왜 퇴사한 줄 알아?"

갑작스러운 물음에 유리가 고개를 갸우뚱했다.

"당연히, 그만 일하고 싶어서 아니야? 할 만큼 해서."

5년 다닌 것도 용하다 싶을 정도였는데, 그런 당연한 건 왜 묻나 하는 얼굴이었다.

"아니야. 다닐 만했어. 처음부터 내가 회사 휘젓고 꼴통 짓 하고 돌아다니니까 할머니가 당황하셔서 그냥 그만두라고 하셨었잖아. 그래도 내가 안 나간다고 했었고. 네 식대로 직접 약자들 사이에서 힘이 되어 주는 방법도 있겠지만, 그렇게 강자들 틈에 들어가 셀프 엿 먹이기 하는 것도 나름 의미 있었거든."

"그랬지. 네 덕분에 태한그룹 허튼짓도 제대로 못 했고, 자정 기능도 있었고, 결과적으로 이미지도 좋아지고……. 나중엔 할머님도 좋아하셨잖아."

"그게 방식은 달랐지만, 어쨌든 네가 만들고 싶은 세상에 일조한다는 자부심도 있었어. 그런 생각으로 다니니까 일은 할 만했지. 그런데."

"그런데……?"

"더는 안 되겠더라. 너 그렇게 드문드문 보면서 살았다가는 내가 못 견딜 것 같더라고."

퇴근하고 집에 와서 함께 자고, 아침에 일어나 각자 출근하는 삶을 '드문드문 보면서 산다'라고 표현할 수 있을까. 주말부부도 아니고, 하물며 기러기 아빠도 아닌데. 하지만 이 비상식적인 말은 모두 정호가 김유리의 껌딱지기 때문에 가능했다.

"너 없이 어떻게 살아, 내가."

그는 유리가 했던 말을 그대로 돌려주었다. 서로의 마음이 같은 걸 확인하면서.

"나 너랑 24시간 붙어 있고 싶어서 퇴사했던 거야. 네 옆에서 자고, 먹고, 일하고, 뭐든지 함께하고 싶어서."

이 징글징글한 사랑은 결혼 5년 차에도 여전히 현재 진행형이라고.

"남들은 붙어 있으면 싸울지 몰라도, 우린 아니야."

정호가 싱긋 웃으며 덧붙여 말했다.

"우린 원래 잘 싸워."

그 말에 유리도 웃음이 터졌다.

"아, 맞네."

"어차피 잘 싸우는 거, 보고 싶은 만큼 실컷 보기나 하면 안 되는 거야?"

"왜 안 돼? 되지!"

괜한 고민이요. 괜한 두려움, 괜한 망설임이었다.

세상엔 이루 셀 수 없을 만큼 많은 색깔이 있는 것처럼, 모두의 사랑도 저마다 달랐다. 같은 상대라 해도 친구, 연인, 부부일 때 마음이 다른데, 하물며 모든 사람을 같은 틀에 넣고 생각할 순 없는 것이었다. 누군가에 겐 갈등 요소가 누군가에겐 평화일 수도 있고, 누군가에겐 불편한 일이 누군가에겐 개의치 않는 일일 수 있는 것이다.

가장 중요한 건 내 마음이 어떤지, 내가 사랑하는 상대의 마음이 어떤 지를 알아 가는 일 아닐까. 비로소 두 사람이 만나 만들어 내는 색이 바로 그들 사랑의 색이었다. 그리고 그 색은 하늘 아래 같은 것이 하나도 없을 터였다.

화장품 매장에 비치된 분홍 립스틱만 해도 명도와 채도에 따라 색이 얼마나 다양한가. 그 핑크의 향연 속에서 내게 딱 맞는 나만의 핑크를 찾아내는 건 스스로 해내야 할 몫이었다. 어쩌면 우리는 모두 그 색깔을 찾아가는 과정 중에 살고 있는지도 모르고.

운동 겸 산책을 마치고 막 병실로 돌아왔을 때였다.

똑똑똑.

정호가 침대에 올라와 앉는데 병실 문을 두드리는 소리가 들렸다.

"아, 오셨나 보다. 오고 싶다고 하셔서 내가 알려 드렸어. 오늘부터는 짧게 면회도 가능하다고 해서."

유리의 말을 들으니, 어머니나 아버지가 오신 모양이었다. 정호는 이렇게 아파서 침대에 누워 있는 자신의 모습을 부모님께 보여 드리고 싶진 않았다. 아무래도 걱정을 하실 테니 말이다. 그래도 여기까지 오셨으니 조금이라도 밝은 얼굴로 맞이하려고 애써 미소를 머금고 문 쪽을 바라보았다.

"네, 들어오세요."

유리의 말에 문이 열리고, 누군가 들어왔다.

"……어?"

일순 정호의 몸이 굳어졌다. 과일 바구니를 든 남자가 병실 안으로 들어서고 있었다.

"인사해. 배우 서윤성 씨."

잊고 있었다. 내 아내와 불륜 스캔들이 난 놈.

얼토당토않은 열애설을 보자마자 채니 아빠가 카페에 들이닥쳤고, 그 길로 병원에 실려 오는 바람에, 이후로는 일이 어떻게 흘러갔는지도 모르고 있었다. 유리와 밀린 대화를 나누느라 미처 스캔들에 대해 물어볼 시간도 없었고.

그런데 당사자가 제 눈앞에 떡하니 나타난 것이다.

"반갑습니다. 서윤성입니다."

나는 하나도 안 반갑다, 이놈아!

정호의 눈빛이 이글이글 끓어올랐다. 서윤성은 서 있는 것만으로도 포스가 느껴지는 존재였다. 괜히 스크린을 장악하는 배우로 이름난 게 아니구나, 보자마자 수긍할 정도였다.

정호는 그래서 더 마음에 안 들었다.

"이쪽은 제 남편이에요."

유리는 정호를 슬쩍 찌르며 서윤성에게 소개했다. 반면 정호는 엄마 친구 앞에 억지로 끌려와 인사하는 말썽꾸러기처럼 불퉁하게 인사했다.

"김정호입니다."

"몸은 좀 괜찮으십니까?"

"아뇨. 안 괜찮은데요."

"아…… 편찮으신데 죄송합니다. 그래도 변호사님 남편분께는 제가 직접 해명을 해야 할 것 같아서 이렇게 왔습니다."

와아, 더 싫다.

정호는 확 비뚤어지고 싶어졌다. 이런 몰골로 병원에 있으면서 아내의 스캔들 상대를 만나게 될 줄은 꿈에도 몰랐으니까.

"해명이라……."

서윤성은 안 그래도 배우가 직업일 정도로 허우대가 멀쩡한데, 병문안 오면서 뭘 또 그렇게 빡세게 꾸미고 왔는지 노타이 슈트를 쫙 빼입은 모습이 말도 못 하게 근사했다. 어디서 외모로 밀려 본 적 없는 정호가 당장이라도 환자복을 벗어 던지고 싶을 정도였다. 평소 추리닝을 즐겨 입던 사람답지 않은 마음이었다.

"뭐, 하실 말씀이 있으십니까? 서윤성 씨 때문에 제 와이프가 그런 지저분한 스캔들에 휘말려서 사진까지 실렸는데."

"너 봤어?"

그 말에 유리가 깜짝 놀라 물었다.

"봤지."

"난 너 아직 못 본 줄 알았지. 어제 그거 뜨자마자 바로 카페에 갔던 건데, 그리고 병원 실려 온 거였잖아. 근데 그새 언제 또 봤대."

"너 오기 전에 이준원이 알려 줘서 봤어."

"아아. 애들한테도 연락 엄청 왔는데 병원 오느라 경황이 없어서 아직 전화도 못 해 줬어. 다들 일찍 봤었구나……."

정호는 유리에게서 시선을 떼어 서윤성을 매섭게 바라보았다.

"해명보다 해결이 우선 아닌가. 어떻게, 그 말도 안 되는 스캔들 해결은 됐습니까?"

"당연히 해결할 겁니다."

아직 안 됐다는 말이었다. 정호의 형형한 눈빛을 보곤 유리가 서둘러 개입했다.

"서윤성 씨, 우선 여기에 좀 앉으세요. 너도 너무 흥분하지 말고……."

아마도 유리는 정호가 스캔들을 아직 모르는 줄 알고 있었을 테고, 그러니 서윤성도 선뜻 오라고 했던 모양이다. 하지만 정호는 그의 존재 자체가 거슬렸다. 심지어 몸에 주렁주렁 호스나 달고 맞이할 상대는 더더욱 아니었는데, 그저 분했다.

서윤성이 유리가 끌어다 준 의자에 앉아서 말했다.

"우선, 스캔들은 사실이 아닙니다. 저는 김유리 변호사님과 절대……."

"당연히 아니죠!"

정호는 저도 모르게 버럭 했다.

"너 소리 지르지 마. 아픈 애가 왜 이래, 진짜."

"아, 열 받잖아. 스캔들의 '스' 자도 치가 떨린다고. 감히 누가 김유리를! 불륜? 뭐? 불륜운!? 아오, 진짜. 내가 이 잡것들을 싹 다……."

"안 되겠다. 일단 제가 남편이랑 얘기 좀 먼저 해야 할 것 같아요."

유리가 아무래도 제대로 된 대화는 어렵다고 느꼈는지 서윤성에게 말했다.

"여기까지 오셨는데 정말 죄송하지만, 제가 다시 연락드릴게요. 남편은 진정부터 좀 해야 할 것 같아서……."

이만 가 주십사 하는 소리에 서윤성이 의자에서 일어섰다. 환자를 자극해서는 안 된다는 것에 동의한 얼굴이었다.

"사과고 해명이고 다 필요 없습니다. 어차피 아닌 거 나도 다 아니까, 가서 이 사태 제대로 해결이나 하세요. 우리 유리, 함부로 사람들 입에 오르내리게 했다간 내가 정말 가만히 안 있을 겁니다."

정호가 으르렁거리듯 낮은 음성으로 말했고, 서윤성이 조용히 고개를 끄덕였다. 그는 뭔가 할 말이 많은 얼굴이었지만 이내 망설이듯 인사를 하고는 돌아섰다.

정호는 좀처럼 진정할 수 없는 눈빛으로 서윤성의 뒤통수를 바라보았다. 뒤가 따가웠는지 문 앞에 선 서윤성이 슥 돌아보았다.

"뭡니까."

"……다시 오겠습니다."

오지 마!

정호는 소리를 치고 싶었지만, 순간 서윤성의 눈이 어쩐지 슬프고 유약해 보여서 입술을 꾹 닫았다. 작품 속에서 보던 서윤성의 이미지와 전혀 다른 눈빛이었다.

그러는 사이 서윤성은 병실을 나갔고, 바로 유리가 배웅을 위해 따라 나갔다.

정호는 빈 병실에 혼자 앉아 가만히 문 쪽을 바라보았다. 그에 대한 견제심으로 처음엔 미처 느끼지 못했는데, 서윤성의 눈에는 비밀이 담겨 있는 것 같았다.

뭘까. 혹시 유리와 상담을 받은 이유와 관련이 있을까. 서윤성에게는 타격이 심한 스캔들을, 아직 제대로 대응하지 못했다는 것 또한 이상하기만 했다. 당연한 허위 사실이라 이렇게 유리의 남편인 자신에게 직접 찾아오기까지 했으면서, 대체 그 회사는 지금 뭘 하고 있단 말인지.

잠깐 생각하는 사이 의구심은 확신으로 바뀌었다. 유리에 대한 사랑 때문에 그녀와 관련된 일엔 살짝 정신을 못 차리지만, 기본적으로 사람과 상황을 간파하고 판단하는 능력이 뛰어난 김정호였다. 아무래도 수상쩍은 느낌이 든다.

정호는 침대에서 일어나 폴대를 끌고 서둘러 밖으로 나갔다. 두리번거리다 엘리베이터 쪽을 보니, 그 앞에 서윤성과 유리가 서 있는 모습이 보였다. 두 사람을 알아본 이들이 멀리서 수군거리는 광경까지 눈에 들어왔다.

여기까지 거리낌 없이 찾아올 만큼, 서윤성은 당당했다. 유리와의 관계가 확실히 아무것도 아닌 거다. 그런데도 스캔들을 바로 정리하지 못하고 있는 이유는 하나. 아무래도, 현재 회사가 서윤성의 편이 아닌 듯했다.

엘리베이터 문이 열렸다. 서윤성이 타는 걸 보고 정호는 더욱 빨리 걸어갔다. 저절로 운동이 되는 참이다.

"……잠깐!"

회복이 빨리 되면 다 서윤성 덕일 만큼, 정호는 필사적으로 걸어 그쪽으로 가고자 했다.

"잠깐만요!"

문이 닫히려는 찰나, 서윤성이 정호를 보고 얼른 열림 버튼을 눌렀다.

"어? 정호야, 왜 나왔어?"

그 앞에 서 있던 유리가 놀라서 정호를 보는 사이 서윤성이 엘리베이터에서 내렸다. 정호는 숨을 몰아쉬며 서윤성의 손목을 잡았다.

"얘기 좀 합시다."

"……네?"

"나랑 얘기하러 온 거 아니었어요?"

"마, 맞습니다."

으르렁거리며 말도 못 하게 하고 거의 쫓아내다시피 할 때는 언제고, 다시 뛰쳐나와 덥석 붙잡는 정호였다. 그런 정호를 보며 서윤성은 결심한 듯 고개를 끄덕였다.

"네, 얘기하겠습니다."

새연과 준원의 집.

"병원으로 가 보면 안 되려나?"

새연은 휴대폰을 붙들고 끊임없이 검색하는 중이었고, 준원이 차분하게 대꾸했다.

"좀 더 기다려 보자. 문자 남겨 놨으니 연락 주겠지."

현재 인터넷은 서윤성의 불륜 스캔들 기사로 쑥대밭이 되어 있었다. 그 와중에 카페에는 정호의 의뢰인 남편이 와서 행패를 부렸고, 정호는 급성 복통으로 응급실에 실려 갔다고 했다.

"이게 웬 난리야……."

어제 유리와 정호가 연락을 안 받으니, 새연이 마미에게 전화를 걸었다가 듣게 된 소식이었다.

응급 수술까지 받은 정호가 현재는 회복 중이라고 했다. 유리는 밤에만 잠깐 집에 들렀다가 마미에게 쌍둥이를 맡기고 다시 병원에 가 있다고 했다. 아직 면회가 가능한지 몰라 무작정 병원으로 쳐들어갈 순 없겠고, 준원과 새연은 연락을 기다리는 입장이 되었다.

"수술 잘 됐고, 회복도 빠르다고 하니 괜찮을 거야. 걱정하지 말자."

준원의 말에 새연이 고개를 끄덕이다가 다시 휴대폰 화면을 들여다보며 말했다.

"스캔들은 어떡하지······. 아니, 왜 서윤성네 회사에선 이렇게 잠잠한 거야? 사실이라서 대응 못 하는 줄 안다잖아, 사람들이."

답답한 노릇이다. 우선 스캔들을 부정하고 허위 사실 유포에 대해 강경하게 대응하겠다고 입장을 밝히면 될 텐데, 그러기는커녕 묵묵부답 중인 소속사였다.

"우리야 김유리가 진짜 아닌 거 잘 알지만, 사람들은 오해하고 난리 났는데."

새연은 속상한 목소리로 말했다. 대체 이해할 수 없는 상황임엔 분명했다.

"유리가 먼저 인터뷰하거나 보도자료를 돌리면 안 되는 건가? 서윤성하고는 법률 상담 때문에 만난 것뿐이라고."

"그걸로 무마될 일이면 벌써 그렇게 했겠지. 근데 그런 해명이 더 수상하잖아. 서윤성네 회사에 엄연히 법무팀이 있는데, 굳이 외부 변호사 따로 만나 할 일이 뭐가 있겠어. 사실 사적인 일도 사내 변호사들한테 상담하면 될 텐데 그냥 핑계처럼 들리겠지."

준원의 말에 새연이 물었다.

"넌 아는 거 없어? 네가 유리한테 서윤성 소개해 줬다면서. 혹시 상담받는 거 회사 문제래? 계약 관련된 거라 따로 나와서 변호사 만난 건가?"

사실 그 이유일 거라 생각하면서도, 준원도 확답할 수는 없었다.

"나야 잘 모르지. 무슨 건으로 상담한다고까지 얘기하진 않았으니까······."

이에 새연은 제 상식선에서 유추해 말했다.

"아, 회사 문제는 아니겠구나. 그냥 회사도 아니고 서윤성 처가에서 하는 거라며. 부부끼리 사이도 좋고, 회사도 탄탄하고, 서윤성 일도 다 잘 풀리는데 그럴 일은 없겠지."

하지만 세상은 모두의 상식대로만 돌아가는 게 아니었다. 진실은 생각지 못한 곳에 있었다.

8. 삶은 계속되기에

"사실은……."

다시 정호의 병실.

엘리베이터 앞에서 정호에게 붙들려 병실로 돌아온 서윤성은, 의자에 앉아 한참이나 뜸을 들였다. 유리는 난감한 얼굴로 이를 지켜보았고, 정호는 매서운 눈길로 분위기를 살폈다. 서윤성은 차마 내뱉기 곤란한 말을 하려 하고 있었다. 하지만 입이 잘 떨어지지 않는 모양이다.

정호가 가만히 바라보다가 말했다.

"기다리는 건 여기까지 하고, 제가 먼저 말해도 되겠습니까."

아까와는 달리 비교적 정중해진 말씨였다. 서윤성은 숨을 크게 들이마시고 내쉬며 고개를 끄덕였다.

"……네."

"소속사와의 갈등이 있어서, 그 문제로 법적 조언이 필요한 상태일 테고."

정호의 말에 서윤성이 눈에 힘을 주며 바라보았다.

"그 내용이 아직 세간에 알려지면 안 되는 것이겠고."

"……."

"소속사와의 갈등에는 처가 혹은 아내와의 트러블도 포함됐을 테고."

서윤성이 침을 한 번 꾹 눌러 삼켰다.

"그래서 지금 소속사에서는 일부러 스캔들에 무대응 하는 중이고."

"……."

"서윤성 씨가 혼자 감당하기엔 이 일이 갑자기 너무 커져 버렸고. 그래서 곤란한 상황, 맞습니까."

정호는 자신이 보고 느낀 일들을 퍼즐 조각처럼 하나하나 맞춰 보았다.

서윤성이 후우, 한숨을 내쉬며 고개를 끄덕거렸다.

"네, 정확합니다."

정호의 말엔 틀린 부분이 하나도 없었다.

"너 그걸 어떻게 다 알았어?"

오히려 유리가 놀라서 물어볼 정도였다.

"뭐, 치밀한 자료 조사와 냉철한 상황 판단력의 결합?"

결국 본인이 잘났다는 말이었다.

"자료 조사는 또 언제 했대. 윤성 씨 소속사가 처가에서 경영하는 것까지 알고 있는 줄은 몰랐네."

"그래서 말인데……."

정호가 날카로운 눈빛으로 서윤성을 쳐다보았다.

"이건 내가, 서윤성 씨를 만나고 난 다음에 추측한 건데 말이죠."

"……네. 말씀하세요."

마지막 퍼즐 조각을 맞출 시간이었다.

"이 스캔들 말입니다."

정호가 서윤성을 바라보며 말을 이었다.

"서윤성 씨 회사에서 일부러 냈다는 생각이 드는데."

"……."

"내 느낌, 틀립니까?"

서윤성의 입술 사이로 다시 깊은 한숨이 흘러나왔다. 모든 사정을 다 알고 있는 유리 역시 예상했다는 듯, 하지만 그걸 정호가 파악한 게 더 놀랍다는 얼굴로 바라보았다. 두 사람의 반응은 정호의 예측이 틀리지 않았다는 걸 말해 주고 있었다.

여기에, 서윤성은 용기를 내기로 했다. 정호에게 털어놓아도 되겠다는 믿음이 확실히 생겼다.

"사실은 부부 사이에 큰 문제가 있는데."

"……."

"아내가 절 때립니다."

"……아, 네. ……네?!"

가만히 들으며 고개를 끄덕이던 정호가 눈이 휘둥그레 벌어졌다.

놀랄 수밖에 없었다. 서윤성은 얼굴이 잘생긴 건 당연하고, 풍기는 기운이 상당히 묵직하고 사내다운 스타일이었다. 잘 키운 근육이며, 기골이 장대하다고까지 하는 우월한 피지컬까지 마치 현직 운동선수 같은 느낌이었다.

덕분에 서윤성은 주로 액션 영화에서 빛을 발하는 배우였다. 언제나 이기는 주인공이었다. 화려한 액션으로 빌런들을 처단하고, 카리스마 있는 눈빛으로 스크린 밖 관객들까지 긴장하게 하는 배우. 이번에 개봉해 흥행몰이 중인 작품 역시 그런 서윤성의 장점을 가득 살린, 시원한 사이다 액션 영화였다.

그런데 뭐라고? 서윤성이.

"아내분한테……."

"자주, 맞고 있습니다."

그만 정호의 눈썹이 일그러졌다. 농담은 아닐 테고, 지금 이게 무슨 상황인가.

정호는 놀란 눈으로 유리를 쳐다보았다. 유리도 자신의 입으로 말할 순 없겠다는 듯 작게 고개를 저었다. 그러니 다시 서윤성에게 시선을 돌릴 수밖에 없었다. 부연 설명이 필요한 말이었다.

"서윤성 씨가요?"

"네, 제가."

"맞는다고요?"

서윤성이 대답 대신 바지 밑단을 들어 종아리를 내보였다. 처참하리만치 시꺼먼 멍이 들어 있었다.

"맨손으로 때리는 건 기본인데, 그게 성에 차질 않는지 주로 뭘 던집니다. 아니면 발로 밟거나 차고, 골프채도 자주 휘두르죠. 여기는 그저께 믹서기에 맞아 생긴 멍이고요."

"아……."

정호의 눈앞에 서윤성의 상처와, 사진으로 보았던 그 아내의 모습이 겹쳐졌다. 더없이 우아해 보이는 여자였는데 이런 면이 있는 줄은 전혀 몰랐다. 아마 어느 누구도 상상하지 못할 것이다.

"그래도 다행이죠. 믹서기에서 튕겨 나온 칼날에 맞은 게 아니라서."

서윤성은 아찔했던 순간을 말하면서도 오히려 담담해 보였다.

"대체 언제부터, 아니, 그러면 신고를…… 안 하신 이유가 있겠지만, 이게 지금 가정 폭력인데……. 그러니까 얼마나 자주……."

뜻밖의 상황에 정호는 크게 당황했다.

"결혼 후 제가 주목받기 시작하면서부터 아내의 폭행이 시작됐습니다."

사실 소속사에서 밀어준 덕분에 서윤성이 배우로 성공한 건 아니었다. 오히려 아내는 조연 롤만 꾸준히 맡게 했었다. 그래도 자신이 옆에 있으니 이 정도라도 활동할 수 있는 거라 했었단다.

먼저 고백한 건 아내였다. 연극 무대에서 활동하던 서윤성을 영화판으로 끌어낸 것도 아내였기에, 처음에는 새로운 세상을 열어 준 그녀에게 고마운 마음도 들었다고 했다. 아내는 제게 많은 기회를 주었다. 서윤성도 처음에는 그게 사랑이라고 생각했었다.

하지만 아내는 서윤성의 마음이 저와 다르다는 걸 알았다. 마주하는 사랑이 아니었던 것이다. 그게 사실이었다. 서윤성은 아내를 좋아하긴 했지만, 그녀처럼 눈이 돌 정도의 사랑까진 아니었다. 그래도 충분히 행복했었다.

그러나 오기가 생긴 아내는 끊임없이 서윤성을 옥죄어 갔다. 자신이 없으면 안 되게끔 세뇌했고, 그가 업계에서 일할 수 있는 건 순전히 제 덕분임을 강조했다. 순수한 사랑이 아니었다. 서윤성을 소유하고 싶어 했고, 제게 굴복하는 모습으로 스스로의 가치를 확인받으려 했다. 내가 없으면 너, 서윤성은 아무것도 아니라고. 널 사랑하는 나니까 이만큼 살게 해 주는 거라고. 숨 쉴 때마다 서윤성을 깎아내리고 제 발밑에 엎드리게 했다.

가스라이팅과 함께 폭언의 수위는 날이 갈수록 높아졌다. 오랜 시간 차곡차곡 이어진 정서적 학대, 언어폭력이었다. 게다가 일부러 조연이나 단역으로 출연할 작품만을 골라 왔다. 그의 아내는 서윤성의 지나친 성공을 바라지는 않았던 것이다. 하지만 처음 그의 외모와 연기력에 반했던 아내였으니, 영화계에 들인 이상 꽁꽁 숨긴다고 숨길 수 있는 사람이 아니었다.

아이러니하게도 아내의 바람과는 달리 서윤성은 금세 감독들과 관객들의 사랑을 받으며 최고의 스타 배우로 성장했다. 그리고 그때부터 본격적으로 아내의 무차별 폭행이 시작되었다.

"그래도 작품 들어가면 때리는 건 조심했어요. 멍이나 상처가 남으면 안 되니까. 그런데 이제는 그렇게 조심하지도 않게 됐죠. 감정 조절이 어려운 모양입니다."

"아…… 많이 힘드셨겠습니다."

"네. 누가 보면 운동이나 촬영 중에 다친 거라고 둘러대곤 했는데, 신(scene) 연결 때 곤란해지는 일도 많았고. 메이크업으로 가리는 것도 한계가 있었죠."

서윤성은 마치 남의 일처럼 말했다.

"사실 창피해서 숨고 싶은 마음도 있었습니다. 맞고 사는 게 그리 자랑은 아니니까."

"그게 무슨 말입니까. 무조건 가해자가 잘못한 일인데. 피해자가 창피해하고 숨어야 할 이유는 어디에도 없습니다. ……후, 진짜 속상하네."

서윤성의 상처 위에 생긴 굳은살이 갑옷처럼 딱딱해진 상태였다. 폭력에 무뎌지고, 체념하고, 무너질 때까지 남모르는 불행이 계속 이어지고 있었다.

"아내를 떠나선 절대 살 수 없을 거라고 생각했습니다. 제 인생은 전부 제 아내가 만든 것이니까요."

그는 나약해졌다. 어쩌면 아내를 힘으로 제압할 수도 있었겠지만, 주저앉은 마음은 그를 쇠사슬처럼 동여매고 있었다. 움직일 수 없게 했다. 도망갈 수도, 멀어질 수도 없었다. 아내는 조금이라도 제 뜻과 어긋나게 구는 날엔 업계뿐 아니라 아예 이 세상에 발도 못 붙이게 할 거라고 협박을 해 댔다. 유서에 당신 이름을 쓰고 죽어 버릴 거라고도 했다.

두려움에 갇힌 서윤성은 아무것도 할 수 없었다. 나와서 일하는 시간만이 숨을 쉬는 것 같았다. 연기를 통해 다른 사람이 되고, 그 배역으로 사는 동안엔 괴로움을 잊을 수 있었다. 그렇게 점점 더 일에만 집중할수록 아내의 폭력은 더욱 심해졌고, 마침내 서윤성은 절 옥죄는 사슬을 끊어 버리기로 힘든 결심을 한 것이다.

그러던 중 우연히 김유리 변호사의 인터뷰를 보았고, 보통 사람의 삶에 집중하는 그녀의 행보에 관심을 갖게 됐다. 김유리 변호사라면, 자신이 자유로워질 수 있게 도와주지 않을까. 약자의 편에 서지만 호락호락하지만은 않은 그녀니까, 이런 저에게도 힘이 되어 주지 않을까.

그래도 막상 카페까지 찾아갈 용기는 나지 않아 망설이던 때, 서윤성은 마침 김유리 변호사와 친구라는 이준원 셰프를 통해 연락처를 얻을 수 있었다. 뜻이 있는 곳에 길이 있었을까. 그렇게 시작된 상담이었다.

서윤성이 이혼을 원하여 받는 법률 상담이니, 변호사를 만난다는 사실이 공개되어선 안 되었다. 이혼 사유 또한 민감한 부분이라 보안이 중요했다. 그런데 스캔들이라니. 그것도 불륜 스캔들……

"이번 일은 제 아내가 계획하고 터뜨린 게 맞습니다. 최초 보도를 낸 기자가 아내와 친분이 두텁거든요. 상식적으로 말이 안 되는 거죠."

물론 상식이 통하지 않는 여자였지만.

"제가 김 변호사를 만난 게 설마 이혼 때문이라곤 생각하지 못하는 것 같아요. 불륜 기사를 내고 제가 괴로워하는 모습을 보면서 질질 끌다가 나중에 수습해 주면서 다시 기강을 잡으려는 거죠."

서윤성은 쓸쓸하게 웃으며 말했다. 오래 당하고 살았더니 패턴은 쉽게 읽을 수 있었다. 거기서 벗어나는 게 어려웠지만 이제는 다르다.

"이걸 유리와 서윤성 씨는 다 알고 있었으니, 지금은 숨 고르면서 반격을 준비하는 중이었겠네요."

정호의 말에 그가 고개를 끄덕였다. 유리 역시 수긍의 눈빛이었다.

"나처럼 책사로 써먹기 좋은 고급 인력을 놔두고, 두 사람만 애쓰고 있었구만."

서윤성은 이미 진흙탕 싸움에 뛰어든 상태였다. 그리고 김정호는 그 싸움에서 흙탕물이 튀든 말든 정신을 챙길 겨를도 없이 마구 발을 구르는 데 매우 탁월한 인재였다.

"같이 할 거야?"

"물론."

유리의 물음에 정호는 씩 웃었다. 이제 의뢰인의 비밀도 공유했겠다, 바늘 가는 데 실 가는 건 당연한 이치였다.

한 달 후.

유리에게 무조건 종일 붙어 있고 싶다는 꿈을 품었던 정호는, 원 없이 제 꿈을 펼치는 중이다.

아침에도.

"이 우유 네가 어젯밤에 꺼낸 거 아니야? 따라 마셨으면 냉장고에 넣어야지, 계속 꺼내 놓으면 어떡해!"

"아, 깜빡했네."

점심에도.

"뭐야, 오전에 답변서 출력해 놓은 거 어디 갔지?"

"어, 거기 왼쪽 세 번째 파일함에 내가 넣어 놨어."

"내 자리에 있는 서류 만지지 말랬지."

"지저분해서 정리한 건데."

"나도 내 나름대로 규칙이 있단 말이야!"

저녁에도.

"너 설마, 단이 진이 얼굴에 내 로션을 발라 준 거야?"

"어, 애들 거 다 썼길래."

"야!!"

싸우기보단 혼나는 게 일상이었지만.

정호는 그래도 좋았다. 종일 떨어져 보고 싶고 궁금한 것보다는 이렇게 얼굴 맞대고 함께 있는 게 행복했으니까.

물론 혼나기만 하는 건 아니었다.

"조금만 더 누워 있자."

"애들 깨."

"너만 호통 안 치면 애들 안 깨."

날이 밝는 걸 보며 서로 꼭 끌어안고 있기도 하고.

"오늘 준원이 레스토랑 가서 점심 먹을까?"

"그래! 법원 갔다가 오는 길에 들르면 되겠다."

오늘은 뭘 먹을까 함께 고민하기도 하고.

"어린이집에서 단이 콧물이 많이 나온다고 전화 왔어."

"그래? 이번 약이 잘 안 듣나 보네……. 너 일단 상담 잡힌 거 해. 내가 바로 병원 데려갈 테니까."

"그럼 우선 단이만 하원시켜 데려가. 진이는 이따 내가 찾으러 갈게."

"오키."

손발이 잘 맞는 파트너처럼 육아 분담도 척척 하고.

"애들 벌써 잠들었어?"

"어. 오늘 엄청 빨리 뻗었다."

"목욕 오래 하더니 피곤했나 보네."

카페도 퇴근, 육아도 퇴근, 그렇게 퇴근 후엔 달콤한 밤도 함께 나누고.

아침부터 밤까지 정호는 제 사랑하는 아내 유리와 같이 있는 시간이 못 견디게 행복했다.

"한잔할까?"

"그래. 아까 엄마가 치즈 맛있는 거라고 챙겨 주신 건데, 이거 와인이랑 먹어야겠다."

유리가 생글생글 웃으며 와인과 치즈를 꺼냈다. 마침 축배를 들기 딱 좋은 날이었다.

"짠."

"짜안!"

챙그랭, 와인 잔 부딪히는 소리가 맑게 울렸다. 물론 정호는 아직 술을 조심해야 할 때라, 잔에 와인 대신 연하게 우린 보리차를 담았지만. 대충 화이트 와인이라고 스스로 최면을 걸며 마시기로 했다.

최근 좋은 일이 연달아 있었다.

우선, 정호의 수술 후 한 달이 지나 검사를 하고 왔는데 결과가 좋아 걱정할 게 없었다. 앞으로도 식사와 스트레스 관리를 하면서 잘 지내면 된다고 했으니 정말 다행이었다.

"이제 아프면 그냥 대충 넘기지 말고 꼭 검사받자, 알겠지?"

"너야말로 건강 잘 챙겨. 너무 무리하지 말고."

"스트레스도 조심하고. 쉬어 가면서 일하자고."

"내가 할 소리다."

유리와 정호는 주거니 받거니 서로의 몸과 마음을 걱정했다.

"주영신 씨 이사 잘 하셨대?"

"응. 채니가 새 동네에 잘 적응해야 할 텐데. 친구들이랑 헤어진다고 엄청 울었다더라."

"속상하겠다……. 그맘땐 그게 젤 슬프지."

"그래도 아빠하고는 안 산다고, 엄마 따라갈 거라고 했대. 자세히 설명 안 해 줘도 애는 아는 거지. 누가 자기 돌봐 줄 사람인지."

채니 엄마는 재판이 아닌 이혼 조정을 통해 협의하는 중이었다. 그래도 채니 아빠의 기세가 꺾여 이혼 협의에 꽤 협조적으로 나오고 있으니 그건 다행이다. 원만하게 조정이 성립되고 나면 관할 관청에 신고하여 이혼이 이루어지게 된다.

그 전에 채니 엄마는 친정이 있는 동네로 이사하게 된 것이다. 남편에게서 벗어나 홀로서기를 준비하는 채니 엄마는 그전보다 한결 표정이 좋아 보였다.

"근데 그때 어떻게 녹음할 생각을 다 했어?"

유리가 물었다. 카페에 채니 아빠가 쳐들어왔던 날을 말하는 것이었다.

'잠깐만요.'

'너, 뭐야!'

'잠깐, 문자가 와서 확인 좀 하느라.'

'이게 장난하는 줄 아나!'

그날, 카페에 들이닥친 사람이 채니 아빠라는 걸 안 순간, 정호는 재빨리 휴대폰을 꺼내 문자를 확인하는 척하며 녹음 기능부터 켜 두었다.

"순발력 하면 또 나지. 난 어떻게 된 게, 사람이 얼굴만 잘생기면 됐지. 무슨 머리랑 손까지 이렇게 빨리빨리 돌아가서 필요 이상으로 완벽하고 난리냐."

"……아, 네."

그리하여 채니 아빠의 육성으로, 애 엄마한테 돈을 뜯기게 생겼다느니, 한 푼도 안 주고 끝내려고 일부러 판을 짰는데 너 때문에 망했다느니, 하는 소리가 고스란히 정호의 휴대폰에 담겼다. 소송으로 가면 채니 아빠에게 불리한 증거가 되어 줄 거였다.

심지어 변호사 카페에 찾아와 난동까지 부리다 경찰에 연행되었으니, 경솔했던 행동을 후회해 봤자 이젠 소용없다. 너무 늦어 버린 후였다. 결국 채니 아빠는 울며 겨자 먹기로 재판보다 조정을 택했다. 물론 위자료도 섭섭지 않게 '뜯길' 예정이고, 재산 분할도 협의 중이다. 자업자득이었다.

결혼 생활이 좋지 않게 끝난 건 안타까운 일이지만, 그래도 채니 엄마는 남편으로 인한 불행의 그늘을 벗어나 새로운 삶을 사는 계기가 되었다. 모두 정호 덕분이라며 늘 감사하다는 인사를 입에 달고 살았다.

정호 역시 퇴사 후 처음 만났던 손님이기에 채니 엄마가 각별하게 느껴졌다. 그녀가 부디 기쁜 날들을 누리며 당당하게 살아가길 진심으로 바랐다.

"아, 윤성 씨 아까 전화 왔었는데……."

갑자기 생각난 듯 유리가 말했다. 이번에는 서윤성 소식이었다.

"찾았대?"

"응, 찾았대. 다행이지."

주어는 '서윤성이 옛날에 쓰던 휴대폰'이었다. 서윤성이 사용했던 예전 휴대폰을 찾아오기로 했던 것이다. 거기에 아내에게 맞아 멍이나 상처가 생겼을 때 찍어 둔 사진들이 있다고 해서였다. 그땐 이렇게 쓰일 줄 모르고 찍은 것이었지만, 얼마나 오랫동안 서윤성이 폭행을 당해 왔는지 충분히 입증해 줄 자료였기에 지금이라도 찾아야 했다.

다만 어디에 두었는지 기억이 나지 않는다고 하여, 며칠간 서윤성은 그 휴대폰을 찾는 중이었다. 찾았다는 연락이 와서 다행이었다. 휴대폰에 남아 있는 자료들을 모으고, 이미 지운 사진들도 포렌식 복구를 통해 되살려 증거로 사용할 예정이었다.

"맞다, 그 여자 아직도 정신 못 차리고 새로 기사 낸 거 봤어? 이제 민는 사람 아무도 없는데."

"사람 쉽게 안 변하잖아. 금방 뉘우칠 것 같았으면 그러지도 않았겠지. 하는 짓 보면 볼수록 서윤성 씨에 대한 동정 여론만 커지는데."

한 달 전, 불륜 스캔들이 일파만파 커지던 때. 그의 아내는 눈물을 흘리며 인터뷰를 했었다. 소속사 차원에서 대응하는 게 아니라, 그저 서윤성의 아내로서 나선 것이었다. 제 남편이 어떤 사람이든지 상관없다며, 자신은 남편을 여전히 사랑하니 반드시 가정으로 돌아오리라 믿는다고. 이 모든 게 오해였으면 하고 간절히 바란다면서 말이다.

여러 방향으로 해석될 여지가 있는 말들을 늘어놓고 그녀는 다시 몸을 쏙 뺐다. 이를테면 불을 지핀 꼴이었다. 가뜩이나 스캔들로 난리가 난 시점에, 서윤성의 아내가 한 인터뷰는 파장이 클 수밖에 없었다. 이대로 있다가는 정말 서윤성이 연예계에서 매장될 수도 있겠다고 생각이 들 정도였다.

유리가 받는 피해도 물론 있었다. 급기야 잠시 카페를 닫고, 유리는 병원에 있는 정호와 함께 지냈다.

서윤성의 소속사에서 막아 주지 않는 스캔들이니, 그의 활동에 제약이 생긴 건 당연했다. 당장 신작 영화만 해도 문제였다. 고생한 동료들과 관계자들에게 죄스러운 일이었다.

그때 서윤성이 나서서 기자 회견을 열었다. 소속사가 개입하거나 분란을 일으키지 못할 정도로 기습적으로 준비한 회견이었다. 서윤성은 당연히 정호, 유리와 하나하나 상의하여 움직이는 중이었다.

'저는 어쩌면 이번 일로 많은 걸 잃을 수도 있습니다. 주변 사람을 잃을 수도 있고, 제가 쌓아 온 커리어를 잃을 수도 있을 겁니다. 하지만 제 삶까지 전부 잃고 싶지 않기에 이렇게 여러분 앞에 서게 되었습니다. 지금부터 제가 드릴 말씀이 다소 믿기지 않는 이야기일지 모르겠으나, 자세한 사항은 이후 법원에서 낱낱이 밝힐 것

이며, 오늘은 최근 불거진 제 스캔들로 인해 피해를 보신 분들에 대한 사과와 해명이 주가 될 것입니다.'

그렇게 시작된 말은 대중이 받아들이기 가히 충격적인 것이었다. 정호, 그리고 그에 앞서 유리가 서윤성의 이야기를 들으며 처음 받았던 느낌도 다르지 않았다. 쉽지 않은 고백이었다. 서윤성이 오랫동안 아내의 폭행과 가스라이팅에 시달렸고, 그런 이유로 이혼하려 한다는 얘기는 금세 수긍할 수도, 단번에 이해할 수도 없는 종류의 것이었다.

하지만 서윤성의 갑작스럽고 진지한 고백은 시끄럽게 퍼져 가던 불륜 스캔들을 단숨에 덮어 버리기에 충분했다. 이후 서윤성의 아내가 직접 스캔들을 조작했다며, 해당 언론사에서 익명의 내부 고발자가 등장하면서 서윤성의 주장에 큰 힘이 실렸다. 불륜설 때문에 적반하장으로 아내를 엿먹이는 게 아니냐는 의견도 쑥 들어갔다.

심지어 서윤성이 변호사 남편의 병문안까지 가는 걸 병원에서 보았다는 목격자까지 잇따랐다. 그 여자 변호사가 진짜 불륜 상대라면 있을 수 없는 일이 아니겠냐면서. 서윤성이 변호사를 만났던 것 또한 외도가 아니라, 부부 문제로 인해 이혼 상담을 하기 위해서라는 사실도 밝혀지며 불륜 스캔들은 아예 폭삭 꺼져 버렸다.

모든 의혹이 소거되자 남은 건 오직, 아내의 만행으로 인해 서윤성이 그간 얼마나 힘들고 불행한 삶을 살았는가, 였다. 서윤성의 아내는 대단한 세력을 등에 업고도 진실 앞에서 아무런 힘을 얻지 못했다. 반박하려고 별별 거짓을 다 꾸며 냈지만 이제 그걸 믿는 바보는 어느 곳에도 없었다.

현재 개봉 중인 서윤성의 영화에 타격이 가지 않을까 걱정했던 게 무색할 정도로, 연일 흥행 가도를 달리기도 했다. 다행히도 대중은 서윤성의 편이었다. 계약 해지를 고려하던 광고주들도 그 의사를 철회했다. 서윤성은 아무 잘못이 없었으니까.

급기야 서윤성의 아내는 엉뚱한 쪽으로 방향을 틀었다. 남자가 오죽 못 났으면 여자한테 맞냐느니, 맞을 짓을 했으니 맞은 게 아니겠냐느니…….
대중의 공분을 살 말만 골라서 하니, 그녀는 제가 판 무덤에 스스로 들어가는 중이었다.

정호는 서윤성의 상황을 알고 나서야 일전에 유리가 왜 제 등짝을 안 때 릴 거라 선언했었는지 이해할 수 있었다. 그땐 다소 뜬금없다고 느껴, 혹시 제게서 마음이 멀어진 건 아닌가 불안하기까지 했었다. 하지만 유리는 서윤성의 상담을 진행하면서, 폭행을 일삼는 서윤성의 아내를 보고 자기반성을 했던 것이다.

"네 스매싱은 그런 폭력이랑 다르지."

"다르긴 뭐가 달라. 세상 어떤 폭력도 애정이 이유가 될 순 없어. 습관이 무섭긴 하지만 그래도 나 정말 노력할 거야. 이제 진짜 안 때려."

"어차피 별로 아프지도 않은데."

"강도가 중요해? 행위 자체가 문제인데."

"이러면 낯설다니까. 김유리가 김유리다워야지, 정말 거리감 느껴진다, 너. 설마 사랑이 식은 건 아니지?"

정호의 말에 유리가 개탄했다.

"내가 정말 버릇을 잘못 들인 게 맞네. 누가 구타로 사랑을 확인하니? 그거 제정신 아니야."

"어허, 구타니 폭행이니, 그건 우리 얘기가 아니라니까."

서윤성의 상황과 우리의 상황은 엄연히 다른 거라며 아무리 우긴다 해도, 사람을 꽃으로도 때려서는 안 된다는 깨달음에 도달한 유리를 말릴 순 없었다.

물론 유리는 훌륭한 해결책을 가지고 있었다. 제 손버릇도 고치고, 정호의 허한 마음도 달래 줄 방법.

"대신 많이 안아 줄게."

"지금보다 더?"

"당연하지."

"그럼 내가 뭐, 할 수 없이 양보해야겠네."

마침내 부부는 극적 합의에 이르렀다. 유리를 놀려서 등짝 스매싱으로 끝을 맺는 장난의 재미는 잃었지만, 다른 식으로 끊임없이 애정을 확인하게 해 준다니 정호로선 남는 장사였다.

하루하루 살아가며 다양한 삶을 만나고 있지만, 아직도 그 속에서 배워 갈 것이 많은 날들이었다. 정호와 유리는 서윤성의 행복을 위해 함께 싸웠고, 앞으로도 싸울 예정이다. 법원에서 다퉈야 할 문제도 많고, 서윤성의 아내가 합당한 처벌을 받도록 해야 하니 갈 길이 멀었다. 그래도 힘든 결정을 하고, 한 발짝씩 나간다는 것 자체가 의미 있었다.

사랑하는 사람을 만나 24시간 붙어 있는 게 행복한 사람이 있는가 하면, 숨통을 죄던 상대에서 벗어나 진정한 행복을 찾는 사람도 있다. 다만 자신이 바라는 삶이 무엇인지, 자신이 꾸고 싶은 꿈이 무엇인지 알아야 가능한 일이었다. 그러려면, 그 누구보다 자기 자신을 가장 사랑해야 했다.

정호도, 유리도. 그리고 채니 엄마도, 서윤성도. 두려움에서 벗어나 스스로를 똑바로 바라보았을 때 비로소 진짜 행복이 시작된 것이다.

"자, 건배."

유리가 웃으며 건배를 청했다. 차오르는 행복이 사랑을 담고 있었다.

정호는 유리와 함께 있으면, 아무리 귀찮고 바쁜 일이 밀려들어도 그저 좋기만 했고. 유리는 정호와 함께 있으면, 때로 답답하고 성질나는 일이 있어도 마냥 즐거웠다.

그는 와인 잔에 담긴 보리차를 한 모금 마시곤 말했다.

"역시, 나는 너랑 같이 있어야 해. 나한텐 이게 맞아. 딱이야."

"내가 못 참고 막 소리 지르고 그래도?"

"너 그건 좀 참을 필요가 있어. 단이 진이가 따라 한다, 이제."

"그래, 맞아. 나도 이제 좀 어른이 되어야지."

유리가 쿨하게 인정했다. 아직 맞춰 가야 할 부분이 더 많고, 살다 보면 안 좋은 날도 있을 수 있겠지만, 그 역시 아침이 되면 해가 뜨고 밤이면 달이 뜨는 것처럼 당연한 이치라 생각하면 그만이었다.

"이번 주말에 여행 가는 거 기대된다. 진짜 오랜만인데."

준원-새연 부부와 혁준-해수 부부까지, 강원도로 우르르 떠나기로 한 여행이었다. 아직 아이들이 어려 모이면 정신없지만 그래도 같이 노는 건 언제나 즐거웠다. 게다가 정호가 수술을 받고 회복한 이후엔 처음 떠나는 거라 더더욱 기대되는 참이었다.

"짐은 언제 챙기지? 내일은 싸야 할 텐데."

"여행은 좋은데 짐 싸고 푸는 게 젤 귀찮아."

"가위바위보, 몰아주기 할까?"

"뭘 몰아줘. 애들 거 또 다 빼놓고 가려고. 됐다, 그냥 내가 싼다."

정호는 않느니 죽지, 하는 마음으로 고개를 저었다. 김유리에게 짐을 싸라고 하느니, 그냥 잘 시간 줄여 자신이 챙기는 게 속 편했다.

"이제 그만 자자. 너무 늦었네."

정호가 일어서서 식탁을 정리하는데, 유리가 뒤에서 다가와 허리를 끌어안았다.

"사랑해."

정호는 몸을 돌려 마주 안고는, 얼굴을 내려 살짝 입을 맞추었다. 그리고 보기만 해도 마음이 벅찬 듯 유리를 한참이나 바라보았다. 김유리에게 밥 먹듯 '사랑해' 소리를 듣는 일상이라니, 생각할수록 믿기지 않는다.

"내가 더 사랑해. 너하고는 비교도 안 될 정도로."

"웃기네. 아니거든?"

"언젠 비교 안 하고 산다더니, 바로 발끈하는 거 봐라. 원래도 내가 1등, 네가 2등인 건 알지? 한 번 1등은 영원한 1등인 것도."

"그걸 이런 식으로 써먹네."

"그러니까 그냥 인정해. 감히 대적한다고 까불지 말고."

유리가 핏, 웃으며 그를 꽉 안았다. 2등이어도 좋고, 1등이어도 좋은 건 여전했다. 비교할 수 없는 게 사랑이라는 것도 좋았다.

그때.

"둘이서만 안는 거야아?"

"그러면 안 된다고 해찌. 넷이서 다 같이 안아야지이!"

거실 너머에서 들려온 소리에 정호와 유리가 흠칫 놀라 고개를 돌렸다. 단과 진이 저들 방 문가에 서서 금방이라도 울음을 터뜨릴 듯한 얼굴로 눈을 비비고 있었다.

"오오, 깨, 깼구나!"

밤중에 가장 무서운 건 귀신도 아니고, 도둑도 아니었다. 잠이 푹 든 줄 알았던 아기가 두 눈을 반짝 뜨고 깨어났을 때였다.

"더 자야지, 왜 깼어어."

"엄마, 아빠랑 안을 거야!"

나중에 크면 안아 주고 싶어도 몸을 비틀며 요리조리 쏙쏙 빠져나갈 딸들이, 지금은 포옹을 애타게 바라고 있었다.

그렇다면 미룰 게 아니라 바로 지금, 당장 사랑하고 당장 행복해져야 했다. 그땐 또 그때의 행복이 기다릴 테니까.

"우리 딸들, 이리 와."

"그래, 다 같이 안아야지."

정호와 유리가 몸을 낮추며 활짝 팔을 벌리자, 단과 진은 금세 기분이 좋아져서 토도도 다가왔다. 단숨에 보송보송하고 따뜻한 행복이 품에 가득 안겨 들었다.

까만 밤하늘에 뜬 달과 별은 제자리를 찾아가고, 그 아래 각자의 행복은 저마다 다른 색으로 빛나고 있었다. 늘 그래 왔듯, 삶은 계속되기에.

마음속을 빼곡하게 채운 사랑도, 마르지 않는 강물처럼 끝없이 흐르는 날이었다.

-외전 마침-